U0022413

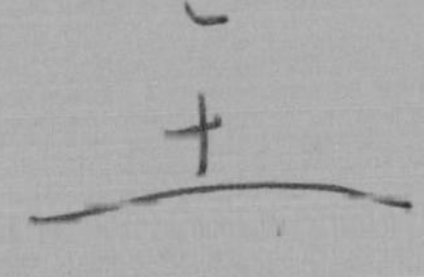

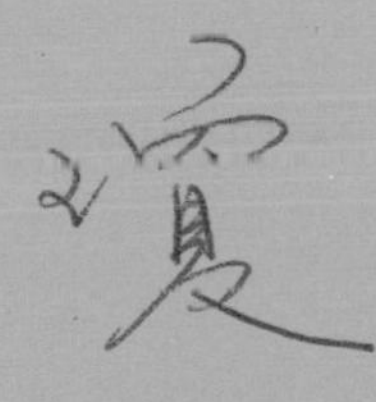

一夜新娘

王瓊玲　著

望風亭傳奇

假作真時真亦假

沈耀相 題

【名人推薦一】

臺灣的委屈，需要臺灣兒女娓娓道來

丁庸

作者曾對我說了這樣的一個小故事：

在父親離去之後，和姐姐帶著母親到日本去散心旅遊，就坐在明治神宮的大樹下，看到母親與一位日本老婦人聊天，才驚覺她的日語說得這麼流利！

而一輩子被兒女當作是文盲的母親，也才羞赧地說出自己日據時代認真苦學的過程；她還拿過全臺南州「國語」演講比賽的第二名呢！

但是，一九四九年以後，她的身分證上的教育程度欄裡，卻被人寫下了「不識字」……

所以，這本小說裡，有著作者做為一個女兒的心疼、追究、溯往、豐富的想像和遲來的祝福。

文字活潑，心意深重。

臺灣的委屈，需要臺灣兒女娓娓道來……

（本文作者為臺灣知名電影、電視劇編劇及導演，曾獲二〇〇八年電視金鐘獎戲劇節目編劇獎。執導過《波麗士大人》、《我在墾丁天氣晴》、《刺蝟男孩》等多部電視作品。）

【名人推薦二】

青春美好！時代無情！

林正盛

瓊玲的母親，九十出頭歲，身體硬朗。

初次見面，就得老人家疼愛，問我：「來做我的兒子好嗎？」從此，她就喚我「鬍鬚兒子」，我則稱她為「老媽媽」。

如今，我這個「老媽媽」以及她的女伴們，被瓊玲寫入小說《一夜新娘》，重回那個日人統治的年代，再走一遭屬於她的那份青春殘酷物語。

認識瓊玲，緣起於二〇一〇年夏天，我懷著新鮮好玩的心情，大膽接下豫劇《美人尖》的導演工作。這齣戲改編自同名小說《美人尖》，而《美人尖》作者，正是王瓊玲。接下導演工作，首先是好好讀原著小說，讀完小說接著就是去拜訪作者。

當初，一開始，豫劇團跟我介紹作者，都稱「王教授」，說她是中正大學中文系教授，她是梅山人……。對我這個國中畢業，或多或少一直懷著鄉下人自卑感的人來說，當聽到「教授」二字，就不免產生一種反彈，以及些許叛逆的輕浮幼稚心態：「哦！是教授寫的小說啊！」我就帶著這種心態，開始閱讀起這個王瓊玲教授的小說《美人尖》。

讀著，讀著，一個個踏行重重陡峭汗路的山野女子，躍然紙上地活了起來，活出了強悍的生命力氣！愈讀愈深入，愈感動，也就忘了作者是個教授，反倒強烈感受到作者投射於筆下那些梅山山野女子，所流動的那份強悍濃烈情感。因而心底讚嘆：「果然是個梅山女子！」，而這位寫出山野女子撒潑姿態，活得有滋有味，活靈活現的「教授作家」，到底是怎樣的一個梅山女子？小說讀完，帶著這樣的想像，我好奇地去拜訪作者。

見面相談，見識到了這個梅山女子的感情豐厚，她可是一往情深地縱情於她的小說之中，浸淫出醇厚滿滿的生命滋味，並且在筆下，豐厚飽滿了那一個個山野女子的身影姿態。

可以這麼說——她其實就是她自己小說裡的那一個個梅山山野的奇女子！

之後，隨她踏行梅山山野，進行舞臺投影影片的拍攝過程，而認識了她的家人，深刻瞭解她的創作是一種自我燃燒的過程，是以心中那份對家人，對祖輩，對梅山的深情眷戀為中心的「自我炙熱燃燒」。

其實，她承繼著祖輩女性的山野悍性，如有老靈魂沽在她現代女子身軀裡，再幻化成一篇篇小說，展延出舊時代山野女子的生命姿態，展延出她們的悲、喜、苦、樂。

在我看來，瓊玲的小說是企圖描繪出更人性完整的「人」、更生命完整的「人」，進而對「人」產生更完整瞭解的深刻感動。於是，她讓筆下人物，貼著真實生活屈就、打滾、撒潑、強悍地挺身在因緣造化攤派底下，過著彷彿屬於他們應得的一份現實日子。

於是，在她這部長篇小說中，她描繪出日人殖民統治下的庶民生活環境，進而鋪排當時社會景象，營造出那整個時代的氛圍，來將祖輩角色安放其中，而日子打滾在因緣造化攤派底下，走著彷彿屬於他們的那份人生。

在這安放祖輩庶民生活的時代描繪裡，瓊玲呈現面對日本殖民統治下的生活狀態，進而對角色（包括日本人及臺灣人）的性格、人格、情感，做出更完整地描繪與敘述，呈現出一個個更完整生命狀態的「人」。

正因如此，無需刻意對立及醜化日本人，亦無需國仇家恨，高張民族意識旗幟。沒有鮮明批判，亦沒有刻意褒貶，有的只是現實生活裡不斷面對；有的只是面對殖民統治者，認同一些施政作為，又感受到被視為二等國民，於是心底矛盾，壓抑情感，打滾日子過著生活……

矛盾，而不是理直無畏反抗，給了我對人性更多層面的思索。

壓抑，而不是悲憤吶喊不義，給了我對生命更為深沉的悲憫。

矛盾、壓抑，讓我們走進小說中的祖輩時代，而更開闊心胸，開闊視野，更全面地看到那個日本殖民統治的年代，以及殖民者的心態與施政作為，無論好與壞，終究都已融入化為臺灣文化的積累了。

王瓊玲的小說，帶給我除了故事精彩，人物生命動人之外的另一種豐富收穫。長篇小說《一夜新娘》，尤其令我感受到走在大時代變動裡，那一個個渺小庶民的生命疼痛。

「老媽媽！我看到了妳曾經走過的青春年代，看到妳的青春美好，也看到妳的時代慘酷……」最後，鬍鬚兒子這樣跟老媽媽說地祝福瓊玲，祝福她終於寫出了長篇小說，順利圓滿出版。

「一夜新娘」，一夜之後，無盡懷念，無盡想望！

（本文作者為臺灣知名電影導演，曾獲二〇〇一年柏林影展最佳導演獎。執導過《春花夢露》、《愛你愛我》等多部劇情片，以及《一閃一閃亮晶晶》等紀錄片。）

【名人推薦】

臺灣的委屈，需要臺灣兒女娓娓道來／王小棣

青春美好！時代無情！／林正盛

【跋文】
怎能不寫？怎能不寫呀！

一夜新娘
望風亭傳奇

小農女

櫻子最愛漂亮了！

嬌小的她，個頭不到一百六，縫繡花鞋時，一定偷偷把鞋底加厚，多墊高個三、四公分來。熱烘烘的夏天，汗水流得像西北雨，日頭再怎麼毒辣，她也熬得住長袖花布衫，絕不讓粉嫩嫩的手臂，曝烤在梅仔坑❶的大火球下。

只可惜，荳蔻梢頭的青春，能展露光潔手臂的機會少之又少；要踩踏草鞋、翻高山、涉荒溪的日子，卻是多之又多。既然天公伯橫了心、鐵了腸，硬把她丟到農家去投胎；又一個不小心搶到頭香，當上了大女兒，就註定她手掌要提的、肩頭要扛的，絕不能輸給壯跳跳的小伙子！

❶ 臺灣嘉義縣梅山鄉，古名「梅仔坑」、「小梅」；日治時期，屬於「臺南州嘉義郡小梅庄」。

印象中，大她才十六、七歲的親娘，不是在大肚子，就是在坐月子；不是在坐月子，就是在帶孩子。農家需人手，多生多福氣，她家的福氣特別多，多到溢滿十二生肖。

溢滿十二生肖的福氣，對櫻子來說，可就沒那麼好消受了。

五歲不到，她就被拎進菜園子，趴在一畦畦菜畝、一行行壠道中間，揪著小心肝、亮著大眼珠，警巴巴地搜尋；再用拇指、食指，掐住了野草芽，一株株連根拔掉。不專注、不細心可不行！阿爸阿母只教一次；草苗、菜苗又長得像雙胞胎，一拔錯了，遭阿爸一頓狠罵，甚至挨阿母一場好打，也絕對錯不了！

七、八歲起，站到木頭凳子上，舉起比她還高的粗木樁，一杵接著一杵，舂打出一大石臼的米。早、午、晚，蹲在陰昏的灶腳，小嘴巴頂住空竹筒，肺葉當起拉風箱，腮幫子一緊一放、一縮又一脹的，嗶嗶剝剝的火舌，就被她吹紅了。

熱煌煌的火燒旺了，真正的戰鬥才開始。紅磚大灶前，她一夫當關，菜刀、煎匙、大鼎勺……被她揮舞得虎虎生風，高麗菜、芥菜梗、包心白、蕃薯葉，被翻炒得脆嫩多汁，再一盤一盤端上桌。切蔥、拍蒜、裝盤、刷鼎、洗鍋、抽減木柴、煽旺火勢……都這樣忙了，她還能騰出一隻手來，推一推牆角的搖籃，哄一哄愛哭的小么妹。至於，油要倒多少？鹽巴、味素要先加或後放？這種芝麻綠豆事兒，更難不倒她玲瓏多竅的小腦袋。

圓滾滾的胖小弟，天天被她揹出門，不是去扮家家酒，是捧著一大籃髒衣物，上下近千層的石階路，到溪邊去捶洗。彎腰駝背的老柳樹，離溪水只有四、五步，櫻子用了她的妙法——長長的布揹巾，一端綁住小弟的腰，一端繫在樹幹底，小肉球就永遠爬滾在安全的範圍內，既玩得到泥沙、摸得著溪水，卻不會倒栽蔥拜見水龍王去。

洗好了，大件小物全泡過水，就多了三、四倍的重量，胖小弟也必須再綑綁到她背上去。被強迫離開粉粉的細沙、涼涼的溪水，小傢伙就發火了：挺硬了身子，腦袋瓜用力向後仰，一下又一下猛頓；咧大的黑嘴坑變成唯一的五官，涕淚四射，嚎哭得憤天又怒地；肉肉的小拳頭，對著姐姐的薄肩膀，一拳又一拳，就往死裡頭捶；兩隻小象腿也胡踢又亂蹬的……

都這樣兵荒馬亂了，櫻子還是能順手撈幾條石鱝、溪哥、大鯽魚，抓幾隻肥螃蟹；再摘一大把山蘇、野茼蒿、昭和草，帶回去替全家加野味。

十三歲不到，播好自家的稻秧，她隨著阿爸下別人的田。

戴上斗笠、綁起黑頭巾、再蒙上了花臉罩，就只露出兩個大眼睛，水盈盈、亮晶晶，能說又善辯似的。地主一驚，認定這下子可虧大了，花錢僱來了一個繡花枕頭，便狠狠盤算，非扣她一半的工資不可。

上工前，細濛濛的雨絲，從天頂飛呀旋的，飄灑到人間來。乾枯的大地吸著、吮著，糾纏得死緊的筋脈便活了、鬆了，一條條舒展開來，朝著四野八荒奔竄出去。

粗做人緩下腳步，瞇起眼皮，赭黑色的大臉仰抬著，向蒼天。額頭上、嘴角邊擠來推去的，全是捉不住的笑紋。櫻子也伸出手掌，捧接起沙沙響的雨絲，牛毛針的扎刺，癢嗦嗦的彈濺，她知道，點點滴滴都好珍貴！

阿財伯是工頭，點燃三支清香，高高端捧著，舉過頭頂，再朝著東、南、西、北，躬身下拜：「天公伯、地母娘、三界公祖、八方眾神爺，懇請保庇！庇護咱全梅仔坑：四季風調、八節雨順，年年五穀豐登！」

緊接著，他嗓門一拉抬，擂起通天響的戰鼓：「眾人聽好呦！好時好日、大吉大利，播田開工囉！」

「播田開工囉！」「播田開工囉！」……田埂上，排排站的農工，按照習俗，喊出震天動地的回響。

接著，十幾隻赤腳掌同時伸出來，「噗通！」踩入爛泥田，回轉過腰身，背脊彎向蒼天，臉龐俯朝大地，用千年不變的標準式——「倒行逆施」，風風火火插起秧來。

那是粗活的比賽、也是細工的較勁：一個人負責插六行，每行插一束，一束五、六株苗。數目不能錯，速度不許慢，秧苗也絕不能倒，行列更不准歪。腳頓了、手錯了，就是大大的丟臉了。

櫻子小小的後腦勺，好像也長出一對大眼睛，讓她不仆不跌、不歪不斜，速度比旁人硬是快了好幾步。栽下去的青苗，一束束都前後對正、一行行都左右看齊，秧稈挺得特直、根鬚紮得穩當，慓悍的元氣，絕不輸給出軍操的日本兵。

櫻子一戰成名，給足了阿財伯大面子。

從此以後，無論是施肥、搓草、割稻、打穀……各村各家都爭相僱她。她變成最搶手的農工、也成了梅仔坑最勞累的女孩。

沒多久，櫻子又發現了另一項生財之術——抽藤。這種搏命兼玩命的粗活，一天賺到的錢，就抵得過替人插秧四、五天。

抽藤——抽的是「黃藤」。

那可是蠻荒叢林才長得出、活得起的狠角色：一條條強韌的藤莖，死纏又活繞，攀爬在大喬木的軀幹，粗的有手腕大、細的也有拇指頭粗。顏色卻一點也不黃，是黯沉厚重的檳榔綠，瘢瘢瘤瘤的粗皮上，密茸茸、尖匝匝的，全是割人皮、扎人肉的硬刺。

抽藤的人，眼睛絕對要像老鷹，才能在億萬枝葉中，尋覓到想要的獵物。一旦覓著了、相準了，出手狠狠握住，「呦——喝——」大聲一喊！力道從丹田飆出來，飆上手臂、傳到手掌，使出三輩子吃奶的力氣，往上猛力一推，再順勢向下一頓。就這麼一推、一擠，再一頓、一扯，藤莖上所有的死纏活繞，都泥牛入海去了，不管是手腕粗的、拇指細的，全部都乖不隆咚地被抽了下來。

抽落地的黃藤，是爬不動的青蛇，只能任人擺弄。這時候，先砍斷藤根，削去根頭的尖刺，接著下刀剝掉外皮，莖粗的就拗成一圈圈、莖細的截成一大段一大段。累積到份量足夠了，還要滴著一身的汗水，踩踏崎嶇的汗路❷，挑到梅仔坑市集的批發店去賣。

加工炙烤過的粗藤，可製成舒服的藤椅、耐用的桌櫃；剖片晒乾的細藤，可編成椅墊、

❷ 梅仔坑地區群山環繞，十幾個村落，彼此交通及聯外的山間小路稱「汗路」。

織成涼蓆，或打成牢牢靠靠的繩索。拇指頭粗的藤條，彎彈起來咻咻叫，天生就是抽學童手心、打小孩屁股的最佳刑具。

渺小的人類，要在荒山野地討生活，絕對要拿性命出來拼搏。因此，抽黃藤不得不成群結隊，展現團結合作的力量。沒錯，團結力量大、合作風險小，但是收穫一平分，賺到的錢也會變薄變小。櫻子跟過幾次抽藤大隊、學會慓悍的技術後，就決定一個人單飛。

裹著幾天的米糧、挑著扁擔、肩著麻繩，櫻子就出征了。軟細的腰身，繫著粗硬的木刀架，刀架上一把上好的柴刀，一步一寒光，不只用來砍藤莖、削尖刺，偶而也用來保身子、護小命。原始叢林內處處驚、步步險，舌信顫顫吐的龜殼花、三角頭高高昂的雨傘節；愛鑽進衣領、爬入褲管的毒蜈蚣、吸血螞蝗；一嘴尖牙，狺狺噴氣，會咬掉人整塊皮肉的臭鼠貍；甚至，葉子上佈滿茸刺，一觸到皮膚就讓人痛到哭爹喊娘的「咬人貓」、「咬人狗」，都是要人命的。所以，能坐在林蔭下歇歇腿，能蜷縮在破筍寮、大岩洞內打個盹，竟然是小農女最安全、最享樂的時刻了。

就這樣，梅仔坑杳無人跡的峭壁、春風都懶得吹上去的崖頂，常常出現一隻身手矯健、穿著花布衫的女猿猴——身手可真的要像猿猴！要不然，一條條賺錢的黃藤抽不到，小小性命，可能被閻羅王一抽就掉！

不佝又不僂的阿順伯公，當保正❸當了大半輩子，完全顛覆了糟老頭子給人的刻板印象：「站著無元氣，倒床睏不去。現講現忘記，出門無路去。要死無勇氣，只好活落去……」

他呀！可活得有天有地、有氣又有力。

七十多歲了，黑檀色的大臉，還是方方正正、有稜有角，歲月劈砍的刻痕更是條條分明。只不過，從兩鬢一直延到下巴，掛著一大把鬍鬚子，銀白色的慈祥、舞跳著樂天，甚麼「老成持重」、「不怒而威」的規格，一下子就被打破了。

老人家疼櫻子，直疼進心肝底去：「我講，櫻子呦！誰若娶到妳，誰就是『前世燒好香、這世有保庇』喔！我親目咪看妳出世，從鼻屎般小粒，長到現在變成一蕊牡丹花，是咱們梅仔坑好山好水好地理，才出得了妳這款好查某囡仔。好水留著灌好田，伯公我

❸ 日治時期，「小梅庄」有十五個保，每個保設保正一人，類似今日的村里長。

呀！嘿！嘿！心內早就有打算，絕對將妳顧牢牢，別鄉別鎮的懵懂少年家，免猜想要將妳娶出我的管區。」

嘴裡說得正經八百，白眉卻笑彎了，眼珠子也瞇得快看不見了。

媒婆阿旺嬸卻不這麼樂觀，她習慣把眉毛描成八千里路，只要一瞧見櫻子，那兩條黑線就一高一低絞扭起來，跳來竄去，找不到安放的位置；心裡的姻緣簿，也火速掀翻好幾本，篩選好幾個男孩，盤算過好幾戶人家：

「我講——櫻子哪！妳一生落土，就好比三粒頭、六隻手骨、十二雙腳蹄。才沒幾歲，就『牛、犁、耙，逐項會；會簦鱔魚，也會撲水雞；會抓土虱，也會摸田螺。』以後呀！看啥人啥戶敢娶妳入門喔？唉！我看，妳的媒人錢，一定勿好賺，難入褲袋呦！」

天熱，媒人婆圓團團的白臉更熱，像剛掀開籠的大包子，冒著騰騰水蒸氣。不過，酵母粉放太多了，包子皮發得亂七八糟，帶不出任何嚼勁；內餡的口味也很奇怪，搞不清楚是鹹菜酸？或芝麻甜？

望風亭

所有雜七雜八的論調，像綿細的雨絲，灑落到大大小小、深深淺淺的耳洞裡去，櫻子的歲月卻照樣不起風、不揚塵。花樣的青春，依舊囚禁在家事與農事的牢籠裡。

抽了一兩年的黃藤，櫻子賺得的血汗錢，幫阿爸翻修好漏水的屋頂，也在大坪村的「望風亭」附近，買下了一大片竹林。

綠竹一竿竿，挺直直，射向藍天白雲；竹根密麻麻，像筋絡，牢牢抓住地脈。春天到了，瘦長的桂竹筍，會從軟濕的土底，一支一支冒頭鑽出來；秋天一到，脆嫩的白露筍，也會迎著西風，笑成一籮籮、一擔擔的大豐收。於是，折筍、挑筍、賣筍，讓阿爸數鈔票時多了好幾張，也讓櫻子的汗水更奔流大量。

再多的工作，再苦的日子，也被櫻子先天的好勝、後天的磨練，硬生生扛了起來。然而，挑著兩個重籮筐，不管是翻越大尖山或橫渡清水溪，她還是會在扁擔下墊著一條手帕，絕不讓堅硬的肩膀，也磨出堅硬的厚繭來。

但是，女孩兒家再怎麼逞強，心眼深處還是有藏不住的嬌嫩。所有的工作中，她最愛到竹林去。用心兼用力，找到了一個好藉口、偷到一點小空閒，她就丟開鋤頭，鑽出竹林，直直登上望風亭。能歇歇手、蹓蹓腳、望一望山野，再併起手掌，捧喝三、四口甘冽的泉水，就是小農女最奢華的快樂了。

「望風亭」——木造的歇腳亭，就蓋在梅仔坑汗路，千山萬壑的正中央。

櫻子覺得，只要往亭內一站，山山水水就全部是她的了。倚靠著粗圓的杉木欄杆，抬眼往上瞧，四季常青的山巒，一峰、疊一峰、高一峰，向白雲深處翻登上去。一路翻呀翻、登呀登！碰觸到天頂才停下來。而彎下腰，身子探出欄杆外，萬里山河就鋪流在腳下。野樹野竹，滿川又滿谷，山風旋刮過來、迴掃過去，一旋一蕩，就翻湧成碧波，匯聚成綠海。綠海用力向前推，向著人煙深處沖下去、淹下去，順勢漫展開來，就漫成無邊無際的嘉南平原。

這時候，櫻子會摘下斗笠，脫掉臉上的防護罩、手臂上的束縛巾，仰抬起脖子、閉上眼睛，享受四極八方吹來的涼風。山風灌飽了肺葉，竄流到全身去，讓她上上下下、裡裡外外的細胞，都吐納著綠野的氣息。

偶而，在亭子裡，她也會圈起手掌，卯足了中氣，呼喚起千山萬壑：「嘿——嘿——」「喂——喂——」「喔——喔——」……

天地遼闊，雲影飄忽，高亢的聲波在懸崖峭壁間碰來撞去，碰撞成她獨享的美妙天籟。

午後，雨來了！剛開始只是亂珠碎玉，叮叮咚咚掉落到人間；不一會兒，就飛砂走石、狂飆於天地了。

櫻子跑得很急，雨獸咆哮在身後，追得更猛更急。她一滑又一溜！閃身進了亭子，張牙舞爪的怪獸，就被關在望風亭外了。擰一擰辮子、頓頓腳、拍落一衫褲的水珠，她抿嘴偷笑，認定這一回雖沒跑贏，但也不算輸了。

小時候，櫻子死纏著阿順伯公，一遍遍追問：「雨獸」究竟是哪一個神仙騎的？為何有時乖、有時壞？一撒起野來，聽說還會崩掉窟坴山、沖壞草嶺潭。是不是主人慣壞了，才會綁不牢、管不住？

「嗯——呵——這個嘛？嘿嘿！既然《西遊記》寫不清楚、《封神榜》記無明白，那伯公我、我……當然就不知不曉囉！」老保正黑黑的五指耙，把滿頭白髮耙得亂蓬蓬。

主人沒管教好的大雨獸，性子果然又急又烈，在望風亭外怒吼了一陣，吞噬不了櫻子，便轉過頭恨恨的離去。

雨獸的身影漸行漸遠、愈來愈細小了。換成天頂的蒼龍不甘寂寞，串通好山坳底的巨蟒，同時打開兩張大嘴巴，從肚子裡噴出一陣又一陣的煙霧。

煙霧白濛濛，一下子就淹過山尖、漫過了嶺尾，連成望不盡的雲海。雲海滾滾茫茫，隔開了家事與農事，也隔開了冷眼與利嘴。飄在風中、浮在霧裡的望風亭，變成了仙鄉的樓閣，一寸寸、一方方，幻化成櫻子表演的舞臺。

她踩踏一朵朵白雲，捧起一掌掌煙嵐，踮起腳尖，快旋呀！滴溜溜的轉，一縱身、跳起來，將一袖白霧，瞬間拋丟出去，再一跨躍，飛鷹似的身段，掌心攔截住，一收攏，全抓了回來……

花姿搖搖、樹影婆娑，全被她指定為舞伴；一吭吭蟬嘶、一啾啾鳥啼，她都當作琴弓在拉、簫笛在吹。天與地、山與樹、雲和水，都陪伴著她，一起低昂、一起飛旋。

一曲接著一曲，舞到煙疲了、霧累了，太陽又冒出紅臉喘大氣了，她才心滿意足地回竹林幹活去。

望風亭蓋很久了，聽說有過曲曲折折的故事。

擋不住好奇心，櫻子又纏住阿順伯公，探問起梅仔坑隨風散落的往事蛛跡。阿順伯公開講前，照例先「喀！」「嗯！」打掃一遍喉嚨。但是，嘴巴一打開，傾倒出來的，卻是滿心的憐惜與不平：

「俗語講：『紅蕃椒若會辣，小小一細粒就辣死人』，妳天文地理、鳥獸蟲魚，攏總有興趣，若是入公學校去讀冊，全校第一名的『郡守賞』一定是妳的。唉！妳的阿爸阿母『雞仔腸、鳥仔肚』！逐日叫妳做牛做馬，真正是害慘前途、耽誤人才喔！」

櫻子聽了，心底也是一陣黯然——上公學校去讀日本書，對她來講，比天邊的彩虹更瑰麗、也比火金姑的尾巴光更微弱。

「伯公！我聽上一輩的老大人在講：讀日本冊、講日本話，就是欺宗滅祖，會變做『三腳仔』，人人怨恨！」她壓低嗓子，問得像在咬耳根。

她知道，當然，所有的臺灣人也幾乎都知道：「四腳仔」罵的是不良日本人，尤其是日本警察，意思是沒人性的野獸。「三腳仔」則是日本人所飼養的臺灣走狗，半人半獸的。彆扭的殖民歲月，臺灣人只能用這種阿Q的方式，來發洩潛藏的憤恨與無奈。

老保正一聽，卻馬上吹鬍子、瞪眼睛：「夭壽呦！無天無理、黑白亂亂講！讀冊識字、知曉道理，才免得變成大戇牛，平常時，貫上鐵鼻環，犁田拖車，做生做死，一旦做不動，死期一到，被牽去剝皮割肉，還乖溜溜，不知要逃命或抵抗哩！咱們讀日本冊，就是要知己知彼，打拼出頭天……而且，若不要妳去讀日本公校，也應該允准妳去私辦的學堂，學一些漢文漢字呀！」

「漢文班不收女學生！阿爸就是允准我去讀，也無先生願意教我呀！」櫻子緩緩的語調，藏著重重的委屈。

阿順伯公無言以對了，只能又一陣歎息……

當了大半輩子的保正，精通漢文與日語的他，夾在主權國與殖民地的縫隙，既要宣達日本官方的政令，也要維護臺灣人起碼的尊嚴，日子永遠是走在刀鋒上，提著心、吊著膽。

梅仔坑庄有十多個村落，年紀老、資格深的他，奔波於崎嶇的汗路，不是現身於公署，就是勸說於民宅。日子久了，「人格者」、「公道伯」的封號就自然被冠上了、叫響了。

但是，儘管人人景仰、戶戶信賴，老人家苦口婆心所推動的掃除文盲，還是乏人問津。

不管是入日本公校或進漢文私塾，都有著重重的阻礙。阻礙的原因，與臺灣人的自尊心固然有關；與重男輕女、生活艱困，更是密不可分。這是他心中最強最烈的痛。

面對櫻子慧黠又傷感的大眼睛，老人家警覺：再走幾趟山路、再說破幾次嘴皮，讓讀書種子有機會萌芽，絕對是重要又必要的。

但出面當說客之前，他還是沒忘記答覆櫻子的提問。

「『望風亭』的經過是這樣的……」老保正撫著銀白鬍鬚，娓娓道來。

原來，多年以前，梅仔坑各庄頭自動自發、流血流汗，在汗路中心點，海拔一千公尺的山崖上，蓋了一座茅草頂、杉木造的亭臺。從此，山裡來、谷裡去的男女老少，就有了歇肩膀、停腳丫，遮陽或躲雨的好所在。

亭臺建好了，命名大會上，幾個飽讀漢文的老仕紳大吵起來，有的堅持要「望峰亭」、有的打死擁護「望風臺」，兩大派又辯又爭，指鼻子瞪老眼，吵到臉紅脖子粗。

日本官員冷眼看鬥爭，樂得喜孜孜。不久，卻大刺刺的在地圖上，標註下三個大字——「見晴臺」，強悍宣示最高裁奪權。

「看人說話」、「逆來順受」，是殖民地老百姓的活命素養；「陽奉陰違」、「勇於內鬥」，卻是改不掉的狗吃屎本性。因此，只要有「四腳仔」日本人在場，或「三腳仔」走狗在偷聽時，「見晴臺」長、「見晴臺」短，就被喊得震天動地。但私底下，自己人一照上面，嘿！人爭一口氣，佛搶一炷香！「望峰亭派」與「望風臺幫」，還是打死也不相讓。

後來，經過好幾回的談判與協調，終於，兩邊折衷，各讓一字，「望風亭」就被拍案叫定了。鬧了好幾個月的「風、峰之爭」、「亭、臺之戰」終於落幕休兵。

小小涼亭，竟然洶湧著人情狂潮！這麼好玩的事，讓櫻子的黑眼珠更加晶亮了：「阿順伯公！最後『望風亭』三字，一定是您決定的。就像我的名字也是您選的，對不對？」

沒錯，櫻子的名字就是老伯公挑的。

十幾年前，若不是他老人家多管閒事，拍桌子大罵，那對重男輕女的父母，就要把剛出生的小紅嬰仔，取名為「招弟」、「招男」，或「罔腰」、「罔飼」了。而官方半強迫、民間半迎合的「百合子」、「美智子」、「洋子」、「春子」、「幸子」……眾名字中，老保正挑選了一個不那麼日本味，臺灣話叫起來也還算順口的「櫻子」，來封堵戶政所裡一群「三腳仔」的臭嘴。

「伯公！您要對付日本大人就操心扒腹了，還要說服兩派固執到『頭殼內灌紅毛土④』的漢文老先生，彼當時，您為望風亭定名，一定是『搓圓捏扁』、『有嘴講到無涎』，對不對？」

「嘿！嘿！死查某鬼仔咧！是妳黑白亂亂猜的，伯公我並無誇口、也無大面神喔！」

沒錯！這種雞毛蒜皮的小事，一生刀裡來、火裡去的老保正，哪看得上眼？但是，櫻子舉一反三的聰慧，還是讓他樂得白鬍子一根根彈翹起來。他再一次下決心：有空，立刻趕往櫻子家去，好言相勸也罷、威脅利誘也罷。歲月如流！總不該流逝讀書種子呀！

但是，阿順伯公終究沒去成——不是不願去，是不必去了。

開學

可以上學囉！

❹ 水泥。

每隔幾分鐘，櫻子就抬頭望一眼天色。煞不住的紅太陽，平時總是沒命的向西衝，害她心狂火熱，就怕野草拔不淨、竹筍割不完。今天怎麼搞的？日頭像跛了腳，拖拖拉拉，比蝸牛爬岩壁還溫吞？

再怎麼快手快腳，農事永遠拼不完，但是，小農女的一顆心早就灌滿了強風，飆颺在山山水水、彎彎折折的汗路。她在等，就等太陽「咚！」一聲，跌落山坳去，她就要扔開鋤頭、卸下柴刀，用滾火輪的速度衝回家，刷洗掉一身的泥沙，換上清爽的衣裙；再拎起親手縫的書袋，飛呀旋的，奔向「國語講習所」❺去。

「國語講習所」——舊的新的，梅仔坑前前後後搞了十多所。服勞役、出公差的村民，在日本警察的鐵哨子下，淌起大汗來挖地基、換瓦片。不只要忍受咬人皮肉的毒太陽，有時，還要硬吞下「清國奴」、「グレッ」（愚劣）、「バカ」（混蛋）的辱罵；或者皮鞭、警棍的責打。

從甲午戰爭之後，日本就當上臺灣的主子。主子打罵底下人，天經又地義，誰敢吭大

❺ 昭和十七年（一九四二），日本制定〈國語講習所刷新強化要綱〉，以達普及臺灣日語教育之目標。講習所多設在各村落，夜間上課，供失學之青壯年修讀。年長之失學者，白天在選定的地點上課。

氣？但是，明治、大正兩位天皇都早已歸天，裕仁陛下也登基多年，竟然還有大多數的臺灣人，一句「國語」——日本國的言語，都不會講！又死認自己是炎黃子孫！這對神聖的帝國，絕對是天大地大的不敬。

為此，臺灣總督府雷厲風行地下達命令——普及「國語」。要把漢人、客家人、山地番民，都藉著皇民化運動，「育成忠良國民」，「使之具備帝國臣民應有之資質與品行」❻，全數趴伏到天皇的腳板ㄚ前。

只不過，他們的心機可能白費了——至少對櫻子而言。

被家事與農事綑綁了十多年的小農女，只要能上學就好！上的是白天正規的「日本公校」，或夜間民教班的「國語講習所」，哪需要計較？只要能識字就好！哪管讀的是「上、大、人、孔、乙、己」的啟蒙漢字？或是「阿、伊、嗚、耶、喔」（ア、イ、ウ、エ、オ）的日文母音？至於，梅仔坑「拒絕被奴化」與「接受皇民化」兩大派的冷批與惡鬥，櫻子不只是鴨子聽雷，更是霧裡看花，根本沒受到任何影響。

---

❻ 日治時期，《臺灣教育令》第一章第二條，暨臺灣總督府針對教育令所發佈之內容。

昭和十七年（一九四二）九月，十七歲的櫻子，擎著明晃晃的火把，跳著熱噗噗的心臟，踏入梅仔坑庄、龍眼林村，公家興辦的「國語講習所」了。

海拔一千多公尺的山上，電力和自來水都還在遙遠的天邊，一切處於半原始的簡樸。十幾盞「番仔油燈」❼，燈座用細麻繩綁著，從屋樑上吊垂下來。山風習習，櫻子左腳踩著夢幻、右腳踏著好奇，一步一探索，探索在燈火閃爍、人影錯雜的新鮮世界。

課桌椅是舊的，從山下拼拼湊湊搬上來的，卻排列得相當整齊。水泥地板刷洗到像被搓掉一層皮，不只一塵不染，還反射出燐燐的青藍光。一切都硬幫幫，半絲不苟，標準又好樣的日本式嚴整。

先到的有十來個人，搶著坐到最後面去，頭、頸、肩膀都蜷縮著，一雙耳朵往後貼，兩個眼窪儲滿了驚嚇。長得好看一點的，像小白兔；醜模醜樣的，就變成山老鼠了。

教室後邊的牆角，熄滅的火把，一束束被罰站著，全是截斷的綠竹筒，圓柱形的空心

❼ 煤油燈。

裡，塞入浸了煤油的棉絮或破布。在缺乏手電筒的年代，那是上夜校唯一的照明。

櫻子入座了，她挑選正中央第一個位子，那裡的燈最亮、最靠近黑板。能上學，多不容易呀！日文老師再凶再惡，也不至於吃人殺人吧！怕甚麼？

招

但是，她怕的人，喔！不！她討厭的人來了。

他叫「陳招人」，大家喊他「阿招」。今年二十歲。可能是搞不清楚方向，阿招一探身，沾滿土渣的大赤腳就往門檻跨，細小的眼珠子也向教室裡面瞟。這一瞟，就瞄見前排端正又亮麗的櫻子。他腦門一轟，像被滾燙的熱水淋到！脖子一縮，腳丫子也跟著縮，咻！一溜煙，逃得像飛的！

逃？日本人設定的世界，怎敢逃？怎逃得掉？

過了好一會兒，他再歪脖子、斜眼睛，從後門賊溜溜、畏怯怯地滑進來。本來就不高了，當下又矮了一大截。

三歲以前，他的名字比較文雅一點——「陳昭仁」。

但是，裕仁太子登大位了，年號又定為「昭和」。這下真慘！「陳昭仁」三個字，除了祖宗的姓，其他的全冒犯到顯赫的皇威。於是，戶口名簿上的文雅就不見了。

阿順伯公被迫去通知他阿爸。人在屋簷下，不得不低頭的老保正，雖然怒氣沖天，但還是準備了一番圓融的說辭：

「招人的阿爸呀！要改就去改，對你的後生絕對無歹處啦！咱們內山人，目眉高，高上天；心胸闊，闊四海，才勿會去計較有的無的。改做『招人』就『招人』吧！手一招，人和就到。人和一到，天時、地利、錢財、好運，也全部會招入來你的厝內。是咱的天公伯慈悲，顧念你樸實、良善，好人有好報，才賜給你的心肝寶貝一世人運途讚、人勇健，大吉大利、招財進寶哩！」

老保正嘴裡講得頭頭是道，但一雙大拳頭揮舞著，像要揍自己一頓；大黑臉也漲紅了，變成了醬紫色。

阿招的阿爸不識字，本姓的「陳」都不會寫了，「昭」和「招」、「仁」與「人」，哪裡需要抗爭？只要字音一樣，對他就沒啥不同。所以，他歡天喜地接收兒子的新名字、新涵義，照樣日出而做、日落而息，讓提心吊膽的阿順伯公，白白操了很大的心。

改了名後的陳招人，真的招來了很多人——一群嗷嗷待哺的弟妹。

陳家已經窮了好幾代，窮到沒田沒園、沒屋沒瓦的。「人窮志短、馬瘦毛長」真的一點都不假。阿招的頭髮很少修剪，邋遢到可以綁馬尾；再加上眉不清、目不秀，活生生是一匹長毛瘦馬。白天裡，這匹瘦馬拉犁又拖車，飽受生活的煎熬；黑夜裡，卸下了重軛，還要被逼著上講習所去讀日本書。一到了人前，疲累又膽怯的瘦馬，縮得更小隻，小到變成山老鼠了。

櫻子跟阿招，沒有甚麼深仇大恨，卻有一段不大不小的過節。這事呀！都是那個媒人婆阿旺嬸害的！

從遠古到日治時期，梅仔坑山區人人早婚。女孩兒家一有了月事，就表示長大成人了，趁早十四、五歲就嫁出門吧！免得越放越不值錢，又消耗娘家太多的糧食。也因為早婚，女人不到四十歲，就大剌剌當上了掌家婆婆，甚至喜孜孜抱起內外孫的，也不在少數。然而，櫻子太能幹了，能幹到自家人不願放嫁，別家子不敢高攀；阿旺嬸更是傷透腦筋，擔心砸了自己的招牌。

她呀！可是梅仔坑呼得起風、喚得來雨的職業媒人；也是罵街不要臉、幹架不要命的臺灣婆娘。當好幾個還算過得去的候選人，都被櫻子的父母打回票後，媒人婆就火大了，扠起肥腰，扯高喉嚨、大鳴又大放：

「你們兩個做老爸老母的，到底是在揀女婿？抑是在選狀元？嫌這個嘴闊、罵那個腳短……就不驚『揀呀揀！揀到一個賣龍眼的』嗎？選到外地好吃的正港龍眼，算你們行狗屎運；若是揀到咱們龍眼林村內土生野長，不能吃、不能當建材的『山龍眼』，那就悽慘落魄，無啥價值囉！」

她嘴巴胡劈亂砍，肚內氣卻沒消沒減，肉肉的包子臉膨脹起來，脹成了拜拜用的紅麵龜粿：「哼！古早人講：『命好，人若寶；命硬，做到病！』我看！櫻子的命底呀！不但粗篋篋、硬幫幫，還兼帶万世十魂的業障。註定是做死做活，嫁不出門，一世人要做老姑婆，死後呀！神主牌也只能供在『姑娘廟』，過年過節，也無人祭拜囉！……」

刻薄的醜話，雖然一不小心就衝出口，但還是緊急煞車了，再講下去，就得罪財神爺了。梅仔坑媒人的紅包錢，照公定價是聘金的一成，不賺，太對不起自己的荷包了。因此，阿旺嬸眉毛一挑，追風眼一轉，詭計不只爬上心頭，也滾出舌頭：

「講正經的！你們若是不甘心放櫻子出嫁，另外還有一個辦法，就招女婿入門好了……不過，現此時，恐怕只有阿招那種『山龍眼』，還願意被人招贅。你們考慮考慮！若勿反對，我馬上就去設法。」

櫻子的阿爸與阿母眼睛一亮，沒計較媒婆的尖酸刻薄，反而在風涼話中，煽起了旺家的力量。

沒錯！小女孩已經長大，女大就不能留，留來留去會留成仇。但是，這麼能幹的大女兒，怎捨得嫁她出門？嫁出去的女兒，潑出去的水，胳臂就不再向娘家彎了。白白生養一場，即使收得到聘金，也還要賠送嫁妝，那多吃虧呀！招贅不錯，怎麼算都划得來！

但——這事辦起來，可真是不容易。

男人一入贅到女家，生下孩子就要被抽「豬母稅」：第二個兒子要從母姓；長大後，還要一輩子祭拜女方的祖公祖嬤。要是女方家既不分田、又不贈房，甚至毒起心腸，轟出家門去，男人連吭一聲都沒得吭，誰叫他答應招贅！入贅的男人跟古代的棄婦本來就沒啥兩樣。

不只如此，更要命的是——按照百年來流傳的習俗，入贅那一天，新郎還要坐著轎子，一路鑼鼓八音，大吹大擂地被抬到女家入洞房。

山區的民風雖然樸實，但樸實中，自有一股悍野的傲氣。梅仔坑的男人，甚麼都可以不要，卻不能不要臉。因此，家世清白，好手好腳、不獃不癡的男子漢，很少人憋得住窩囊氣，下嫁到，喔！不！入贅到女方家。

但是，若是無財無產、沒屋沒瓦的男人，就另當別論了。男人養不活自己時，幹嘛一定要當男子漢？日子捱不下去了，就甚麼都敢做、敢要，至於要不要臉，一點都不重要了。所以嘛！以目前的狀況看來，阿招真的是招贅的上上人選。

「但是，那個阿招！醜到鬼要拖走：天庭窄、地頦歪，嘴、目、鼻又擠擠作一堆；兩條目眉打死結，目睚永遠赤紅紅、溼漉漉，標準的『孝男臉』。一講話，兩邊的嘴角，還會噴臭沫波。」

「沒關係啦！人古意，看久就合意了。咱們一做上丈人爸、丈人姆，愈看大女婿就會愈貼心、愈歡喜囉！」

「歡喜！講啥笑話！哪有可能？那個『人看人倒彈』的阿招，若是和咱們生的櫻子做夫妻，實在是彩鳳伴烏鴉、天仙配蟾蜍！」

「唉！俗語講『醜醜翁，吃不空！』無啥好計較的啦！紅顏容易薄命，招一個較醜的入門，抓長補短，調合一下，咱櫻子的命運加加減減會變柔軟一點！」

「好好一蕊美鮮花，為啥要去插一大坨臭牛屎？」

「妳有夠戇大呆！牛屎真營養，插上去的花蕊才會愈開愈清香！」

「櫻子會乖乖聽咱兩人的安排？平常時，伊雖然有大有小、有禮有節，不過，若是氣惱起來、面色一變，也是『赤查某』一個。『惹熊、惹虎、千萬勿要惹到赤查某』，伊輸贏若無爭到底，是絕對勿會放干休的。」

「查某囡仔再怎樣『赤扒扒』，也是咱兩人親生親養的。而且，櫻子伊一向吃軟勿吃硬，妳做阿母的，就好好苦勸伊，講這一大群小弟小妹，還要靠伊來幫忙飼養成人。伊暫時小小犧牲一下，無啥要緊啦！」

「暫時？哪會是暫時？不管是招夫或嫁婿，一世人就要『嫁雞隨雞飛，嫁狗學狗吠』了，絕對不是戲棚上扮仙一時陣、演戲一兩齣呀！」

夫妻倆嘴巴嘀嘀咕咕、念頭拉拉扯扯，最後，終於找到了共識，也下定了決心。反正，古聖先賢早就說過：「天下無不是的父母」，所以，當父母的，怎麼做都是對的！櫻子若是乖女兒，就要深明大義，無怨又無恨。倘若有怨又有恨，那就不是乖女兒。不乖的女兒，本來就該處罰，把她嫁給醜阿招，就是合理又恰當的處罰。

於是，在阿旺嬸媒婆的牽線下，瞞著櫻子一個人，兩家偷偷進行著招贅的大事。

生辰八字，在梅仔坑有個俗名──「八字婚仔」。

正常的嫁娶，雙方合議之後，女子的姓名及「八字婚仔」就被寫在大紅紙張上，送到男方家裡。焚香稟告之後，就供奉在神龕前，由死掉十多年、甚至上百年的老祖宗，來決定子孫活跳跳的人生大事。

這一放，要足足供奉三天，三天之內，若是家裡沒發生淹大水、發大火、人死掉等大災大難；也沒有鴨飛走、雞遭瘟、碗打破、人感冒等小災小禍，就表示祖先們贊成這門婚事、新娘子沒犯沖、兩個新人沒相剋，可以順順利利安排娶親了。

阿招是要被招的，所以，顛倒過來，他的「八字婚仔」要放在櫻子家的供桌上。

為了留住能幹的女兒，那對父母耍了一個陰招──支開櫻子，讓她去大馬鞍山頂的外婆家住幾天。等戶口遷好了，大事底定了，花轎抬進門，阿招已招入房等著新娘子了。那時候呀！生米至少已煮熟一半，再怎麼難吃，櫻子也要直著喉嚨硬吞了！

休息兼放假！天上掉下來的大禮物？櫻子歡天喜地出發了。

汗路上，走著、跳著、哼著，一身輕快……但突然怪怪的，一切都不太對！

是的，是不太對！她腳步慢下來、緩下來，一千個疑惑、一萬個猜想，隨著山風吹過來，在腦子裡捲來捲去……

嗯！阿爸阿母最近古里古怪：說話時，頭歪一邊，眼睛不看她；嘴巴裡像含了一粒大橄欖，嚥不下去、也吐不出來……大一點的弟妹，掩著嘴，吃吃地笑；斜著眼，偷偷地瞄，那樣子呀！說有多賊就有多賊！

今天一透早，剛剛點好香，阿爸一搶身就擋在供桌前；阿母的眼皮抖呀抖的，嘴角也抽搐了好多下，抓過香彎腰就拜起來，還推了她一大把，叫她趕緊去整理包袱。咦！每天拜祖公祖嬤三支清香、奉三杯敬茶，一直是她在做的，阿爸阿母幹嘛要搶？出門的包袱，也老早就準備好了，才去外婆家住幾天，又不是要搬厝！

明明都沒事的呀！但是——但是，暗地裡是不是有大事？

有事？——甚麼事？

甚麼？——才算大事？

——那個媒人婆阿旺嬸，三不五時就來家裡喝茶，跟阿爸阿母躲在房間嘰嘰喳喳……到底為了啥？怎麼所有人都變了？賊頭賊腦了？

櫻子腳停了、人不動了；小腦袋瓜卻停不了、動不停，一個想法才壓伏下去，另一個念頭就彈跳出來。亂彈亂跳的猜疑，像深夜裡轟起大雷雨，閃電一道道，在墨黑的天地間狂劈亂砍，沒完沒了！

過了好一會兒，她心中慢慢有底了，雖然還有很多疑問，但幾乎是確定了！

轉過身，她拔腿就跑，掙脫了調虎離山的詭計，往老保正的家，直直狂奔！

阿順伯公這一怒，可真是非同小可！

兩個畏首畏尾、縮頭縮腦的父母，只差沒跪倒磕頭而已！他們乖乖認下錯，又全盤托出招贅的陰謀。

阿招！竟然是那個阿招！

櫻子不哭，也沒大吵大鬧。嘴唇囁囁喃喃，說給自己聽：「那張大紅紙，我一透早就有看見。無識字，真正是悲哀呀！」面對著生身父母，她的臉色鐵青到駭人。

當然，婚事是取消了，兩家都很難堪，從此不來不往。

那個阿招呀！不只吃天鵝肉的美夢碎了，還惹來一身訕笑，從此，被嚇得更倉皇、更猥瑣，更像一隻躲在窪洞底的癩皮蟾蜍了。

但是，小小窪洞中，也不是就無風無浪。再怎樣畏縮的男人，經歷了這一番希望與失望，都不會甘心就此絕望。他藏得很深，一股很深又很強的愛與慕——對櫻子，那個曾經離他很近很近的美麗女郎。

至於阿旺嬸，大紅包沒賺入褲袋，當然更加惱恨了。媒婆的一張利嘴，本來就沒人管得住，現在親事一搞砸，也只能任她去興風作浪了。

始業式

教室裡，坐在前排最中央的櫻子，眼角的餘光也瞟見阿招了。她鼻頭一哼！嘴角一撇！算是對討厭鬼進行了聲討。在守舊的梅仔坑、在禁止自由戀愛的年代，只有這種誇張的小動作，才能當眾劃清界線，稍稍止住排山倒海的訕笑與流言。

不過，櫻子的心情沒受到半點干擾，她還是徹頭徹尾愉悅的。開始讀書了，可以學文認字了，文盲的烙印，可以一寸寸抹滅；不識字的痛苦，可以一天天消滅，那才是真正的好耶！

不一會兒，所有龍眼林村的男男女女，該來的都到齊了，人數高達六十幾個。人一多，氣就旺；氣一旺，心眼就活了起來、野了上來。麻雀舌、八哥嘴、狐狸鼻子、潑猴模樣……一個個都搶著現形了。亢奮是會傳染的，膽量更是有樣學樣來的。過不了多久，原本瑟縮的小白兔也想奔出籠、山老鼠也要鑽出洞了。

十八歲上下，個個年輕。年紀輕，心也跟著輕，輕飄飄往上浮，浮往天頂、盪向雲端！浮出了嫣紅的臉頰、盪出了電波的眼神。打從鑽出娘胎起，哪有機會看到這麼多異性？這麼多——讓人心臟狂跳、耳根燥熱的異性！

已是初秋，風卻是更燥更熱。那風！吹自山林原野，也來自青春體溫。這一切，誰還管得住？誰能擋得了？

一抹笑意，躲在阿順伯公的嘴角閃動，他當然不管、不擋、也不擔憂。他的青春早就落跑了，跑到連鬼影子都見不到。孩子們探險的鼻息、蠢蠢躁動的輕狂，讓老靈魂在生命的最底層，已冷掉的歲月灰燼裡，再撥出幾點星火來。

真是久違了！那點點的火花、熾紅的溫熱！怎能不珍惜呀？更何況，梅仔坑的禮教，雖然不至於殺人，卻常常會綑人，綑得人死去活來，老早就該鬆一鬆、寬一寬了呀！

但是，老人家的眉尖還是蹙緊的。他擔憂的，不是孩子們捉不住的青春，是日本仔藏不住的心機。

沒錯，能掃除文盲不是壞事，但強迫學日文就未必是好事了。孩子們全部上了學、識了字之後呢？會不會腦子也被洗了、換了？萬一記住的，全是該忘的；忘掉的，又都是該牢牢記住的，那、那可就慘透了、沒救了！

一波波心疼、一件件擔憂，全部漲潮了，浪頭不住地翻騰推進，澎湃到快要潰堤的程度。

再忍不住了！老伯公走上講臺，搶在外人還沒到來的空檔。他照慣例「卡！喀！」「嗯！」打掃一遍喉嚨。臺下與眼下，一個個都是他摟過親過、甚至打過罵過的大孩兒，怎能不掏心又掏肺？

「你們這一群猴死囡仔！聽伯公苦勸：你們是學生，不是畜牲。要認真讀冊呀！俗語講：『一字一黃金、一文一厝間』，你們心頭要抓得正，學文學武、練才練藝，免得一世人無路無用。咱們梅仔坑的戇百姓，已經足足做青瞑牛、乖奴才真多年冬了。」話才說開頭，老人家的語調竟夾著一絲悲愴。

但是，大孩兒們的心太急躁、太狂野了，伯公又是自家人，自家老長輩的碎碎唸，有誰聽得進去？

有耳沒在聽、有聽卻不連心，講臺底下還是嬉嬉鬧鬧、偷瞄偷笑的。這下子，老人家急了、火大了，真真假假的恫嚇，隨著焦慮的警告，嘩啦啦全飆出口：

「你們讀冊歸讀冊，勿要憨頭憨面，『七月半的鴨子，不知死活！』若是向天借膽，黑白亂亂來，不管有理無理、有證據無證據，日本大人（警察）的槍柄，是會撞得人鼻骨凹落、嘴齒噴血；伊們穿的長統革靴，動不動就會踹斷人的龍骨。人呀！若犯衰命、帶屎運，被大力金剛腳一踢著，身軀就會直直飛出去，黏入壁土內，不到十一月初三的明治天皇節，是勿會被挖出來曝日頭的。」

是氣極敗壞沒錯，但講述的畫面太精采了，毛毛躁躁的小後生沒被嚇著，反倒爆笑開來，笑得東倒西歪。

警告變成了耍寶？老保正一陣錯愕，頓住了！

跑遍臺灣頭、臺灣尾，他看太多、聽太多了。十二年前，在臺灣島的中央，像心臟位置的霧社，日本仔用山炮猛轟、飛機猛炸，最後還噴起毒瓦斯！番男人一群群被殺或自殺，死得支離破碎；番女人、番小孩一個個綁繩子上吊——差點滅族呀！

炎炎秋老虎，阿順伯公卻一陣哆嗦，涼意攻佔了背脊，侵入到腳底，一雙老眼更是憤慨了、慌張了。

——喔！這群少年囝仔是來讀書、來識字的，若被洗腦了，整粒頭殼都壞去，那、那、就有夠悽慘！萬一、萬一、還被人打，被人殺，那、那、要怎樣向人家的祖公祖嬤交代？

嗯！……不會的！應該是不可能！同款是人，皮膚是黃的、眼睛是黑的，心也同款是軟的，肉做的呀！

何況，西部縱貫大線鐵路、阿里山火車，攏總是日本仔來了，才開通的！烏山頭貯水池❽、官佃溪埤圳❾，也是伊們到後，才蓋起來的。流行全島，逼死一大堆人的赤白痢、痲拉里亞❿也是伊們控制下來的。山賊沒了、小偷少了，「夜不閉戶、路不拾遺」的儒家夢想，竟然實現在寶島……誰敢無天無良，講日本仔對臺灣無功又無勞？

但是！有功有勞，就有天有良嗎？

鐵路通了，阿里山的百年檜木，就一車一車，轉一船一船，轉運去日本建大厝、起神社。雖然，官方下令「砍一樹，補種一樹」，但是，斧頭的速度，絕對贏過樹苗的成長！偉大的水利工程，開始儲水送水了，老百姓種出來的血汗，卻全部變成戰用物資，大戰開打後，連一根甘蔗、一粒米粟，都被嚴加管制……梅仔坑公學校有一個學生，閒閒無聊變猴戲，把課本內「支那」兩個黑字，用紅筆畫掉，改作「中國」，就被日本仔抓去，鞭打到站不起來、蹲不下去、趴著吃飯睏覺、躺直直屙尿放尿……才十四、五歲的細漢囝仔呀！

還有，為了找出賊——偷一隻番鴨的小賊！日本仔就把大坪村翻過來抄檢，抄檢不出元凶，就挑選二十三個嫌疑犯，全部關入鐵籠子內。先是強灌水，灌到肚子像水缸，還灌不出元凶，就拿起拔鐵釘用的老虎鉗，一人、一日、拔一片——一片手指甲。

---

❽ 烏山頭水庫。

❾ 嘉南大圳。

❿ 瘧疾。

果然，不必三天，就有人招了，也有人認了。

被拔下來的四、五十片指甲，因為都有編號，很容易就歸還給原主人，只是指頭爛糊糊的，黏不上去了。

阿順伯公額頭一片冰冷，汗珠一粒粒蹦出來，泛濫到眉毛。喔！現在就要講清楚！講得不清不楚，孩子們就可能死得不明不白。

「要聽我講呀！千萬勿去惹有槍有炮、有權有勢的外人……」阿順伯公吼開嗓門，急到忘了再打掃一遍喉嚨。

但是，再怎麼急，也來不及了！

「日本官仔來了！」

全體學員火速起立，小跑步奔到屋外。男女分開站兩排，嘴巴全部上了鐵鎖，肅立著、恭候著，站成兩排木頭雕的、泥巴塑的人偶。

「來了！來了！帽子嵌金線的，行過來了……」

是自家人發出的警示，一波傳一波，細浪般湧過來。接著，掌聲轟然拍起，拍出震動屋瓦、衝上雲霄的力道。

擔任公學校及講習所的「巡學」⓫，梅仔坑皇民教育的重要官員——宮城太郎先生，穿著中規中矩的大禮服，上上下下一身雪白。大盤帽上鑲著一條金線，金線繞著帽舌與帽緣，閃射刺眼的尊貴。兩邊的大肩章也是金黃色，中間有點凹，活像挖飯的飯匙——肩膀頂著兩支大飯匙，櫻子差點「噗嗤！」笑出來，還好，強忍住了。

嵌金線的大盤帽下是短脖子，短脖子連接矮個子。個子已經夠矮了，還穿上長統軍靴，顯得頭身更短，五臟六腑全壓擠在一塊。腰間佩著一把軍刀，硬牛皮鞘、鐵把柄，隨著大腿的邁動，一路撥划空氣，刺殺進來。

是文官？是武將？是拿筆寫字的？是揮刀射槍的？櫻子有些迷惘。那白色大禮服上的金鈕釦，從腰下一路往上扣，扣上胸膛，逼上脖子，再頂住下巴。脖子被死死勒住，會不會窒息？櫻子恨不得替他喘幾口大氣。

司令臺是臨時搭蓋的，「砰！」一聲，長統軍靴伸腳就踩。接著，「登！登！登！」踏上去。

⓫ 督察教育的官員，類似今日的督學。又名「視學」。

踏上去了，櫻子生命中第一次的「始業式」就起動了。

宮城先生是尖削臉、仁丹髭、粗眉毛、白面皮、薄嘴唇——相當奇怪的組合，也相當典型的日本臉。口一張，音質很粗礫，粗到真的像碎石礫，偏偏為了展現威武，還扯拉聲帶向上拔尖，刺得人耳膜抽疼。右手的拳頭握得死緊，奮力在胸前又揮又頓。每一捶、每一頓，都在宣示天皇的威嚴、帝國的驕傲。

半個多小時過去了，浩蕩的皇恩、偉烈的「大和魂」，還是講不夠、說不完。櫻子當然聽不懂；不只櫻子，所有在場的「自家人」，除了阿順伯公，也沒有任何人聽得懂！

好在，開學前，他們就受過急訓，操演得相當熟練——當「テンノウヘイカ」（天皇陛下）的字音，從宮城先生的嘴巴拋出來、甩出來時，全體學員立刻筋骨一縮，做出電光火石的反射動作——兩腳靠攏，用力、肅立，抿緊嘴唇，眼睛直視正前方，全身上下，從眼睫毛到腳趾甲，都要呈現無比的仰慕、無比的效忠。

村夫民女的動作，漂亮到沒話說。穿的雖然是草鞋、布鞋、甚至打赤腳，但一瞬間所爆出來的碰撞聲：「喀！」。哇！整齊！響亮！元氣！

宮城先生忍不住頷首讚美、眼泛淚光了。他做夢也料想不到，在窮鄉僻壤的梅仔坑山區，一群目不識丁的村民，竟然撫慰了他幾個月來的驚慌與恐懼。

沒錯！他是驚懼交加的。

五個月前，米國（美國）報復珍珠港事變，對東京進行了大轟炸⑫。敵人的飛機長驅直入，徹底蹂躪了日本帝國的威風。首都的門戶洞開，竟然像軟弱的嬰兒，毫無招架能力。兩個月後，又發生「中途島」血戰，皇軍的四艘航空母艦被擊沉了，幾百架戰鬥機被炸毀、無數優秀的飛行員全死光了。

近幾年來，支那戰場早已變成大泥淖，拖住、陷住龐大的皇家陸軍。海、陸、空，都全面大挫敗，這場聖戰已不再輝煌榮耀。「大東亞共榮圈」、「八紘一宇」的雙重美夢，已經變成乾硬的麵糰，不只揉不成饅頭、搓不成麵包，一用力過頭，還會整個裂掉、碎掉，灰飛煙滅掉！

但是，身為萬世一尊天皇的子民，怎麼可以承認錯誤？怎麼可以接受挫敗？眼前的村夫民女，既不知道太平洋在哪裡？也不知道戰爭已打到焦頭爛額。所以，該做的絕不能手軟，

⑫ 一九四二年四月十八日杜立德空襲事件（Doolittle Raid）。

非好好地改他們的腦、換他們的心不可；要讓島上的男人都奉獻鮮血給天皇、女人都貢獻青春給祖國。沒錯！他們雖是次等國民，但只要好好地教，還是可以變成頭號順民的。

想到這兒，宮城先生的「始業式」訓話，便越拉越高亢，拳頭也越頓越用力了！

六十多人的隊伍，櫻子站在最前面、最中間。宮城先生的吶喊，像山風刮在耳邊，一陣緊過一陣，雖然有感有覺，卻是無形無狀。

她的眼睛，很用力的直視正前方，睜太大、瞪太久了，酸澀與刺痛，一股股冒出來、一陣陣湧上來，漸漸地就濛了、霧了。但絕不能眨一下眼皮、歪一下鼻頭！整個龍眼林村未婚的、剛嫁娶的，全部杵在這裡，誰都丟不起臉。

司令臺前，每一盞番仔油燈，是光明的火炬、也是死亡的誘惑。成黨結派的飛蛾，隔著透明的玻璃燈罩，唏——唏——簌——簌——磨爬！噹、噹、嗆、嗆、撞擊！聲音無論是渾濁或清脆，都讓人揪心揪肝。偶而「嘶……吱……」一聲；燈火噗！噗！閃跳了幾下，黑煙便從燈罩口漫出來。不用偷瞄就知道，又有一隻烈士搶攻進去，求仁而得仁了。

火焰焚了薄翅、燒了蟲身，焦味混著香臭味，撲向所有人的鼻腔。漫出來的黑煙，絲絲縷縷，像勾魂的手指，一路勾呀舞的，舞進了六十多雙眼睛裡，逗弄著單純的瞳仁、扎刺了敏感的眼膜。站在第一排的櫻子，整張臉像千百隻螞蟻在爬。她用一次又一次的憋氣，擋壓快要爆炸出來的噴嚏。但是，淚水哪能擋得住？一泉泉湧上來、一顆顆滾下來。

宮城先生都看見了、也震撼了！心底頓時唱起高亢的軍歌。天呀！太不可思議了，年輕幽雅的臺灣女性，為日本父母國流下了清澈的淚水，這是何等的美麗！何等的榮耀！

顫慄，是一通電流，從他的脊髓深處迸裂，千分之一秒內，就爆向腦門、衝向四肢。他高亢的語調再度向上拔升，每一個句子都變成沖天炮，一支支、一聲聲，拖著輝煌燦爛的尾巴，射出去！「咻！」「咻！」「咻！」射向淋滿沉沉墨汁的夜空。

日文先生

第二天，開始上「國語」課了。

捧著生命中的第一本書，由「臺灣教育會」所編訂，「定價金：拾八錢」的《簡易國語教本》，櫻子的一顆心臟、兩隻手掌都在發燙。比起柴刀、鋤頭、牛犁、籮筐，這疊不厚不寬、沒重又沒量的紙，實在算不了甚麼！她一頁一頁翻著，細細摩挲每一個黑字，橫、豎、頓、點、勾、撇、捺……千姿萬態的世界，只要鑽身進去，再冒頭出來時，一切都將不一樣了——她確信。

簡易國語教本

臺灣教育會

昭和十七年四月三十日 第一版發行
昭和十七年七月二十五日 第三版印刷
昭和十七年七月三十一日 第三版發行

著作權所有

簡易國語教本
定價金拾八錢

著作兼發行者 臺北市龍口町壹丁目壹番地 社團法人 臺灣教育會
代表者 加藤春城
印刷人 臺北市若竹町壹丁目五番地 吉村清三郎
印刷所 臺北市若竹町壹丁目五番地 吉村寫眞精版印刷所

「先生來啦！」「先生來啦！」

學員們壓低嗓子，相互通報著。

「是他！怎會是他？」

櫻子全身一凜。但是，沒半秒遲疑，她率先站起來，嗓門全開，喊出元氣十足、字正腔圓的口令：

「キリツ！」（起立！）

「レイ！」（敬禮！）

「チャクセキ！」（坐下！）

雛鳳初試啼聲，竟是一鳴驚人。她兩眼炯炯、酒窩隱隱，臉頰泛起兩朵紅雲——應該沒有丟阿順伯公的臉吧？她得意著！

就在今早，天色還灰濛濛時，老保正就奔進竹林，氣喘咻咻地宣告了宮城先生的命令：

「由最具備『青年元氣』的櫻子同學，擔任龍眼林村國語講習所的『級長⑬』。」

命令——十萬火急、任務——光榮無比，既不能違背、更不許漏氣！於是，一老一小，便登上望風亭，臨時抱起佛腳來。

櫻子根柢深厚，平日手掌圈成喇叭，呼喚千山萬壑，引動天地迴音的勁道，被徹底演練出來。一棵棵綠樹、一竿竿翠竹，似乎都聽起口令，乖乖立正，彎腰鞠躬了。

教室內，燈火中，腋窩下挾著書本，腳穿黑布鞋，一步步踩著謹慎、一腳腳踏著忐忑，僵挺著瘦長的背脊，踏上講臺，接受全體學員禮敬的，不是昨日的宮城先生；是同庄同村，熟悉到燒成灰大家也都認得的——邱信。

邱信，才二十出頭，敦實的嘴唇、清朗的鼻樑，是常見的本島本款長相。只是人瘦、個子高，眼眉又比較細長，讓他偏向於文秀、甚至是文弱的那一方。

他穿著本島棉的灰布衫，布鈕子也一路往上盤，領子抵緊到下巴；長褲也是灰撲撲的，卻刻意漿得又硬又直。全身上下標舉著一絲不苟，奮力朝著日本宗主國看齊。

但是，臺灣籍、又不是「國語家庭」⓮的出身，讓邱信只能擔任荒山野村的「專任講

⓭ 類似「班長」。

師」，距離純白禮服、嵌金線大盤帽、佩刀，還有一大段艱苦的奮鬥。倘若，再倒楣一點，說不定奮鬥到頭頂禿了、牙齒掉了，金線與佩刀，還是永遠沾不上邊。

但是，他真的已經走過不少奮鬥了——家窮，白天跟隨阿爸在田野拼命；晚上，屈在私人學堂的角落，旁聽過幾年漢文。可能是學得艱困就記得牢靠吧！《詩經》、《論》、《孟》他熟到可以倒背；一拿起毛筆，嚴嚴謹謹的歐陽詢、龍飛鳳舞的王羲之，也可以從手掌流洩出來。阿順伯公覺得，再不出手拯救，這個青年就會被山野吞沒、農事糟蹋了。於是，老人家明的塞、暗的給，邱信終於排除萬難，到「大坪公學校」去讀日本書了。

在教育難以普及的山區，殖民地的公學校，同一個班級裡面，學生從七八歲到十七八、二十七八歲都有，大家也見怪不怪了。

入學的那一年，邱信正好滿十八。

見多識廣的老保正，真的沒看走眼。別人讀六年，邱信跳級，三年就拿到「卒業證書」，家中牆上還掛起不得了的「賞狀」。

⑭ 日治時期，若臺灣人全家都用日本話交談，則由官方頒贈「國語家庭」的木牌，懸掛在門口，享有許多優惠。

那可是一張揚眉吐氣的榮耀！

榮耀的代價是：白天上學念書去，駛牛犁、挑重擔的苦事就全部丟了，丟到他阿爸的身上去。而且不管寒冬或酷暑，每天要跋涉二個多小時的汗路，才進得了校門；所有要繳要用的學雜費，也全是阿順伯公給的。都這樣子了，阿爸的食指，還是戳向邱信的額頭，一句一下，狠狠刺殺：

「會吃、勿會討賺！心肝給惡狗咬去吞落肚！我日操夜拼，做生做死，卻三茶六飯款待你這個不孝子！去學校讀啥死人骨頭？死坐活吃！讀冊！讀冊！愈讀愈惹人怨嗟！」

邱信低著頭，默認了一切。成年了，沒扛家計就是不孝，這種罪過與無能，連天公伯也不會饒恕，會跟著阿爸一起開罵的。

就這樣，讀書的三年內，他不敢帶過一次便當。

每天，午飯時間一到，留在教室裡只有丟臉。望風亭邊的泉水很甘甜，直著喉嚨就可多灌一些；桑葚、山桃、野木瓜，隨便湊合著，也可以騙一騙肚子；再逛逛樹林，小腿大腳踢一踢，嘴巴唱一唱，用強打起來的元氣，來對付體內的妖魔，饑餓就沒那麼饑餓了。

剛開始唱的只是一些日本兒歌：〈桃太郎〉、〈案山子〉（稻草人）、〈鳩〉、〈人形〉（洋娃娃）、〈ひよこ〉（雛）、〈カタツムリ〉（蝸牛）……用來練習發音。簡簡單單的歌詞，反來覆去的輕快旋律，讓人覺得：只要是小孩就天真可愛、只要是人就有赤子之心。那時候呀！戰火還在遠方，硝煙味即使飄到臺灣來，也還迷迷緲緲，帶點朦朧的美感；寶島上的蓬萊稻子，還是卯起勁來，又開花又結穗，一年收成兩三回呢！

升上高年級之後，日語練得更流利了，日本老師順勢教了不少軍歌：〈日之丸行進曲〉、〈荒鷲之歌〉、〈大東亞決戰之歌〉、〈空之勇士〉、〈廣瀨中佐〉……曲文全部是激昂的戰鬥、淒厲的殉死。這時候，連天通海的炮火，一下子就逼近邱信的腦門，藏不了、閃不開了。

他唱著唱著，全身的血液都翻騰起來。不必伴奏，所有的樂器都吹打在他的心裡：低沉悲壯的法國號、衝鋒陷陣的小喇叭，大鼓、鑼、銅鈸……交響出日本帝國偉烈的遠景。旗也飄飄、風也蕭蕭，大地白茫茫，上升著一輪灼灼紅太陽。紅太陽照射下來！一道、兩道、千道、萬道、億萬道……道道金光，射向宇宙、照向八荒，萬物萬民都要肅立仰頭、齊聲歌頌呀！

唱著唱著！他真的願意變身成神話中的夸父，奮足去追那一輪紅日，既不怕烈焰焚身，更甘心渴死於路旁。

他的血液逐漸燒開煮沸。熱煙滾滾，巨浪滔天，他泅泳於無邊的怒海，鬥志激昂！只不過，泅久了、游累了，沸騰會稍稍降溫，風浪也會慢慢變小！一片又一片的帆影，適時地出現在遠方。

帆影緩緩，從海天相連處漂移過來，慢慢變大了，再靠一點、近一點、清晰了一點。一片片被風撐大的布帆，像一本本直立的書，碧海白浪中，航過來、駛過來，全部是古老的、線裝的。

線裝的書、古老的方塊字，每一頁都有很多的「子」在「曰」。一句句、一聲聲，有時苦口婆心、有時疾言厲色，有的當頭棒喝、有的旁牽側引……全都像阿順伯公在嘮叨、在發飆，讓人有些煩膩、想閃想逃，但是，卻踏踏實實、清清涼涼、安全又可倚靠。

然而，明天，後天，大後天——紅太陽還是會升起，會升到天頂的正中央，還是一樣沒有便當，還是要躲出教室去，正步照樣用力踢，軍歌又從頭唱起……

榮耀的「賞狀」拿到後，情勢大逆轉，誇讚的聲浪，從各庄頭蜂擁到簡陋的邱家。阿爸不怨不罵了，高高興興做了木框，裱起了那張薄紙，逢人就指著牆，嘴笑目也笑。

邱信的眼睛卻一直躲避那張賞狀。三年中，只因一百八的身高，擠在窄小的課桌椅中，又困在一大群幼稚巴啦的小毛頭裡，他渾身盡是羞慚……畢業典禮時，走上司令臺，領下第一名的「郡長賞」，更有勝之不武的鬱悶。

但是，優異的成績、傑出的語文能力，讓他輕易地考上官方的「國語專任講師」。三個月的集訓後，正式委派了教職。好巧不巧，竟是被派回故鄉龍眼林村。既要中日文並用，正經八百地教課；學生中，又有好幾個是一起穿開襠褲長大的。一想到會被擠眉弄眼、怪聲怪調地喊「はい！先生！」（遵命！先生！）邱信的皮膚就起一陣雞皮疙瘩。

走馬上任了！他刻意裝扮老成、強調專業，看看能不能隔出遠一點的距離，抓住一些師道的尊嚴。而且，長夜漫漫，要教足四個鐘頭，不端起老師的架子，絕對是捱不下去的！

可是，再怎麼端架子，第一次走上講臺，還真的像踏上斷頭臺！頭皮一陣陣發麻，而且順著頸椎、脊椎骨，一路麻到小腿，甚至腳後跟去：「完了！完了！青面獠牙、生毛帶殼的，全部在這裡，穩死的囉！」他感受到終結一生的恐怖。

還好，有櫻子！

教室裡，櫻子霸氣十足的號令，把快要猖狂起來的同村男人，全部壓伏下去。臺上臺下立即劃出一條鴻溝：師與生、尊與卑、教與學，清清楚楚、明明白白，不能褻瀆、不許冒犯了。

喧嘩壓平了、噪音掃靜了，一股權勢直接灌入邱信的天靈蓋，變成震懾人的自信，再從他的眼睛、嘴巴、四肢散發出來。此時此刻，他是宗主國的文官、龍眼林村的日文老師，不一樣就是不一樣了。

接下去，邱信的課，當然不會度時如度日、度日如度年了。

教室中，坐在中間排第一個位置的是櫻子——他聽過、見過，卻不敢正眼凝望的同村女郎。夢幻般的！整個龍眼林村，最會插秧、割稻、挑擔、賣筍的！甚至是全梅仔坑庄，唯一敢獨自入荒山、抽黃藤的！她水靈、她嬌俏、她聰慧、她大方、可她又不失莊重！她是級長，每一節上下課為他喊口令，為他攔截輕浮、阻擋不敬的好級長！邱信忍不住感天謝地起來。

奇葩

大尖山、二尖山、大馬鞍、倒交山、獨立山、大籠頂、九芎坪嶺……一座座、一層層，千餘公尺的高度，重重鎮壓著梅仔坑。然而，清水溪、茄苳溪、竹篙溪、土地公溪……一條條都是銀白的絲緞，造物者用千鈞的力道，猛力拋出去、甩出去，它們便穿透群山的封鎖、破解峻嶺的險峭，悠悠緩緩的，流動著千絲萬縷的清澈，一寸寸、一尺尺盤繞回來、流灌回來！

講習所中，教學的內容很簡單，「ア、イ、ウ、エ、オ」基礎的五十音教過之後，就一遍遍重複讀著：「ニイサンノクツ」（兄之鞋）、「ネエサンノゲタ」（姐之木屐）；「オハヤウゴザイマス」（早安）、「コンバンハ」（晚安）；「ゴメンクダサイ」（打擾一下）、「イラッ

シャイマセ」（歡迎光臨）；「ドウゾ、オカケクダサイ」（請坐）、「アリガタウゴザイマス」（謝謝）……

學員們的學習，卻像跛腳爬險坡，一步一顛，步步維艱。習慣拿鋤頭，大字不識一個，又從沒摸過筆的大人，才一開口念書，就立刻要改變聲帶、扭轉喉嚨，跟自己使用了十幾、二十幾年的臺灣話徹底決裂，那可不像小孩換乳牙那麼簡單。難怪舌頭天天打死結，腦筋也鏽住了、卡死了，輪轉不起來。

在他們眼裡，「平假名」彎來折去，是一群鬼鬼祟祟的魔神仔；「片假名」則缺胳膊、斷小腿的，天生就是五不全。原本離離落落的怪字，再雜進一些難寫到要死的漢字，活像竹林裡掉脫一地的爛筍殼。

要爛筍殼做甚麼？堆肥去嗎？但是，沒有人敢抗議，也沒有人不情願來。「國語講習所」位在阿爸、阿母的管轄區外；夜晚，上下學所跋涉的汗路，也不在三叔公、七嬸婆、九太爺的視線之內。就這樣，自由就自自由由生出來、快樂也快快樂樂跑出來了！

更何況，山深，黑暗就更深，料想不到的危險又比黑暗深，男生們便有了正當的理由，組隊護送著女生回家。雖然，前前後後相隔了三四公尺，也不敢一對一私下交談。但是，護著、送著，有時候，山風會吹熄了火把；送著、護著，有時候，山貓會暴衝、臭鼠貍會亂竄；懸崖邊棲著一隻隻大鴟鷹，兩隻爪子比鐮刀還利；千百隻蝙蝠，吱！吱！吱！衝飛出黑洞，比厲鬼還恐怖……

夜夜護著、一個一個送著。所有的莊稼漢，全都當起了打老虎的武松、斬妖蛇的劉邦。大白天裡，手能提、肩能挑的農家女，一到晚上，就變成無膽又無力的嬌嬌娃。

日子過得飛快！飛快的日子，讓所有的不可能，都漸漸變成有可能了。而一切的可能，就在黑夜的群山中，膽大又畏怯的滋養著。

櫻子——就沒有甚麼好可能的了！

她堅持獨來獨往。能上課已經是家恩浩蕩了，上完課哪有時間磨蹭？甚至，一起上課的弟妹還在路隊裡廝混，她早就飛也似的趕回家了，因為還有更幼小的弟妹等著要她洗澡；夜再怎麼深，閃跳的燭光下，也有鈕釦要縫、洞眼要補；明天一大早，要撒入泥土的菜籽，還需一粒粒挑揀過呢！

而且，她真的是來念書的，冰雪聰明的腦袋，要放入平假名、片假名，一點也不困難；那些簡單到無聊的字句，她也讀得出幽雅的音調、多層次的美感。她不只讓所有的大舌頭、鈍嘴巴都覺得羞慚，連邱信老師都享受到無比的成就感。

不只是邱信注意著櫻子，同村的男男女女，不管是熟悉透頂的、點頭交情的，也都偷偷在看、竊竊在論。讚美、羨慕的當然一大堆；挖苦、嫉妒的也絕對少不了。

每半個月上山來視察一兩次的宮城先生，眼睛也繞著櫻子打量。美好的想像與期盼，很能沖淡戰爭失利的焦慮，也轉移了人在異鄉的孤寂。

他負責督導梅仔坑的「國語」教學，一心一意要在深山裡，栽培出皇民教育的奇葩——當奇葩迎著紅日綻放時，芳香就會飄出來、傳出去。一傳出去，就會傳遍整個嘉義郡、臺南州；甚至，傳得更遠一些，遠到了全島，香到了島外的支那佔領區，以及大海之外的日本父母國。

秋已深，西風攪蕩天地的蕭瑟，落葉枯黃，一片片飄飛著！飄倦了、飛累了，才黯然落下來，鋪得滿山又滿谷。

宮城先生的眼睛，卻是兩盞熊熊的火苗。火苗旺成了火炬，烈焰騰騰，燒掉深秋的枯黃與蕭瑟，照見了明年鳥語花香、萬紫千紅的春天。

美好的期待要落實，也是要付出相當代價的。

全島的「國語演講比賽」將在幾個月後舉行，所有的「公學校」、「講習所」都要派學生參加預賽。拿到各庄第一名的，才有資格去郡初賽；每郡的第一名，才派去州複賽。最後，全島的總決賽，當然是舉辦在總督府的臺北城了。全島比賽的第一名，可以搭上大輪船，在千百面「日之丸」國旗的歡送下，渡過大海去東京，接受宗主國最高榮譽的表揚。

龍眼林村的小小講習所，開學才幾個月，一切都還在蹣跚學步，想在梅仔坑庄旗開得勝，已是希望渺茫；想在嘉義郡、臺南州過關斬將，便是癡人說夢；至於要到臺北城比賽，那大概是飛天鑽地的幻想吧！

但是，宮城先生絕對是認真的！他一認起真來，信心啟動決心，決心就變成折不斷、敲不爛的鋼鐵，絕不輸給兩年後開著戰鬥機，大喊著「天皇萬歲！」對準敵艦的大煙囪一衝就進去的「神風特攻隊」了。

風再怎麼刮、雨再怎麼下，宮城先生還是不屈不撓的上下山。

一大清早，被壓制很久的太陽，從密密裹纏的黑紗中掙脫了，一跳出來，熱力瞬間爆發，火熔火蝕地吞掉一大片天頂。火雲紅海中，滾升著赤金色的圓球，千萬道光束射下來，在樹浪葉海中，一閃一滅，閃閃逼眼，圍繞著宮城先生步步流轉、步步燦爛——很神聖的感覺，像守護日本的「天照大神」在垂示、在策動！

汗路上上下下一千八百公尺，不是普通的難走，一走就要走上四、五個鐘頭。彎彎拐拐、爬高走低的跋涉，絕對沒有郊遊踏青的快活，不管是隆冬或盛夏，前胸與後背都會被汗水浸透。

走著、爬著……爬著、走著……宮城先生的思緒，也跟著汗路起起伏伏、千迴百轉起來。

深山裡，皇民教育的奇葩已經含苞吐蕊了，不久，就可以開出最燦爛的花朵。他堅信只要全心守著、用力護著、再加上不眠不休滋養著，就一定有香遍全臺灣的時候。而那香味呀！

在這最艱困的時刻，一定可以振奮祖國的元氣，鼓舞更多的青年！

——不是嗎？四年前，十七歲的泰雅族少女莎韻⑮，在暴風雨中，送別要出征的田北正記老師，親自為他搬運行李，卻跌落橋下，溺死於武塔南溪⑯，勇敢地為日本父母國捐軀。這事件，不就感動了成千上萬的人嗎？去年四月，臺灣總督長谷川清先生，還親自接見莎韻的家屬與少女青年團的團員，又頒贈了一座「愛國乙女サヨンの鐘」（愛國少女莎韻之鐘）。那是「理蕃政策」與「皇民化教育」的雙重成功，何等榮耀的光彩呀！聽說也拍成電影，由最出名的女伶李香蘭，扮演美麗又勇敢的莎韻；還特別選在經歷大殺戮的霧社拍片，現在，都快殺青上映了……

但是，那位田北正記，只是小小番社的「警手」。「警手」只是「駐在所」最基層的警員，順便兼職當講師，教一教國語而已！他跟少女莎韻之間有沒有愛情？傳說傳得那麼沸沸揚揚，就算沒有也變成有了。田北前往支那戰場四年了，有沒有也為國捐軀？但不管有或沒

⑮ 莎韻・哈勇，泰雅語：Sayun Hayun。日語：サヨン，另有中譯「莎勇」或「莎鴦」。

⑯ 昭和十三年（一九三八）九月二十七日，發生在臺北州蘇澳郡蕃地リヨヘン社（今宜蘭縣南澳鄉金岳村、澳花村及大同鄉寒溪村的利有亨部落）。

有，他都已經得到少女莎韻的青春與生命。一個男人，得到這個，就得到全世界了……

唉！千萬不能亂想！在日本，我可是有父有母、有妻有兒的！

可是，我來臺灣三年多了。三年多！孩子長多高了？我的妻呢？她好嗎？我擁有過她美麗的青春！幾個月前的東京大轟炸，她逃過了嗎？有撐住家園嗎？

三年了！悠悠漫漫的三年，我擁著她的和服入眠。

和服——那件和服，陪伴我渡過一千多個黑夜。是她放進我的行李的，疊得平平整整、摺得妥妥當當，放在行李的最底層。絲的，光滑的綢緞；潔白的，像無瑕的玉，玉的上面綻放著一朵朵、一簇簇鮮麗的緋寒櫻。

出航的那天，妻子送我，送我離海灣。她美麗的眼睛儲滿了清淚，盈盈閃閃的清淚，像緋寒櫻上的露珠，滾呀滾的！她卻不准淚珠滴落下來。

她沒哭！日本女人送男人出征、出遠門，都是不能流淚的。她低下頭，衣領後面露出粉嫩的頸子，那一截玉潔冰清，說了好多嘴巴沒說出來的話：

「行って！私は家に残ります。あなたは私の匂いのついた着物を持って行ってくだください。」

（去吧！家裡有我，你帶著有我的味道的和服去吧。）

三年了！和服的幽香沒淡去、隱去，反而越來越濃、越來越烈，逼得我的眼睛也儲滿了清淚。好在，臺灣孤島的夜很黑，黑到可以讓男人不羞慚地流淚。

梅仔坑深山裡的她，也叫櫻子，和東京的妻同樣的名字。兩人真的都像緋寒櫻──春天裡，燦爛成一片花海的緋寒櫻。

她比妻子小很多，卻是一樣的聰慧。妻子的聲音很溫柔、很好聽；她的聲音也一樣，像山泉幽幽流著、像酢漿草花悄悄香著……

呀！不能亂想的！

但是──那個田北正記，只是「南澳蕃童教育所」裡小小的「警手」，竟然就擁有了少女莎韻全部的愛、全部的生命！他怎麼可以讓她淹死在河裡？他可以上岸，就拉不了她上岸嗎？美麗的莎韻，一定是在保護田北正記的行李。所以，出征的行李找到了，莎韻的青春卻永遠沉沒了。天真又純潔的少女莎韻！行李中，有妳放進去的和服嗎？

喔！不！不是和服，是少女的番服！多情的莎韻會織布嗎？泰雅族中，只有會打獵的勇士、會織布的少女才可以黥面，莎韻有黥面嗎？她也和我的妻一樣，把自己最愛的衣服，放入最愛的人的行李中嗎？她是不是也要那個出征的警手，記住她的味道？那套番服，是模仿黥面的菱形紋？或是代表彩虹橋的直條紋呢？

莎韻落水了，黑夜的狂風暴雨中，跌下了顫巍巍的獨木橋。她高貴的靈魂，有沒有走上七色的彩虹橋？

那座與天頂相接，高大雄偉的彩虹橋，像一把弧形的、亮麗的神弓，是走向永生世界的通道。泰雅族人說：彩虹橋下是怒濤澎湃的大河，大河裡滿佈鱷魚和巨蟒……暴風雨中的武塔南溪，也是怒濤澎湃，失蹤的莎韻逃得過鱷魚和巨蟒嗎？田北正記怎麼可以讓她淹死在河裡？大男人可以爬上岸，難道拉不了少女也上岸嗎？

喔！差點忘了，他趕著要出征，出征到支那的大戰場。國家重於一切，哪能耽擱一分一秒？颱風天也要走、人落水了也沒空救。他沒錯！因為他要上戰場。男子漢應該死在戰場，不能死在情場呀！

少女莎韻雖然死了，但是，她是為了愛情、愛國，淒美又壯烈的死去，她的祖靈——深深疼愛她的泰雅族祖靈，一定會在彩虹橋上迎接她的；一定會讚許她為大和民族、大和青年獻出寶貴的生命！

莎韻死了，死得那麼神聖，感動那麼多的人。我們大和民族，自古以來對淒美、對悲壯，有按捺不住的癡狂。但是，為何不在櫻花含苞，就真情真心流連欣賞？不要只哀歎花雨紛飛，更要珍惜枝頭燦爛呀！

沒錯！我也心醉於淒美、也非常崇拜壯烈。但是——我、我只要我的櫻子都好好活著！東京的櫻子，我心愛的妻！臺灣的深山裡，收不到妳任何訊息，妳千萬要逃過米國飛機的炮彈呀！

龍眼林村的櫻子，我的學生！妳不需要變成莎韻，所有的行李，我會自己扛。我不要妳死在任何一條溪！妳是緋寒櫻，開在枝頭，最美、最鮮麗的緋寒櫻！

「國語演講比賽」是妳的戰場、也是我的戰場，一關接一關、一仗接一仗，無論敵人有多厲害，妳一定要擊敗他們，奪下最大的勝利。我最敬仰的天皇陛下及父母國，目前正承受最殘酷的戰鬥；整個臺灣島也籠罩在聖戰的氣氛了，人人限制米糧、節省布料、捐出鐵器、應徵自願兵……日子變了呀！

所以，我——身為梅仔坑的「巡學」，一定要在深山野嶺，用最短的時間、最艱困的教學，督導出皇民教育的總冠軍，再振奮起全國的元氣。這樣，我對天皇陛下的貢獻，就絕對不輸給死在支那戰場、南洋叢林的烈士了！

急訓

宮城先生變成一星期上山三次了，有時，還直接留宿在臨時的宿舍。他帶來全新的教材、嚴格的急訓。急訓只針對櫻子；輔助急訓的卻有兩位：邱信老師及阿順伯公。

每到中午，櫻子就要徹頭徹尾丟開手邊的工作。日本人的命令一向重於泰山，臺灣人的農事當然就輕於鴻毛了。阿爸、阿母一聲也不敢吭，眼巴巴把櫻子奉獻出門，再彼此咒罵，沒事幹嘛把女兒生那麼聰明？笨一點，冬筍就不愁沒人挖、沒人挑了！其他的子女當然也能挖、也能挑，但三個加起來還抵不過櫻子一個，讓最能幹的不幹活，只去練習日本話，既沒錢領又沒米拿，吃虧才是真正的大！

即將來到的比賽是「即席演講」——參賽的人在臺下先抽題目，十分鐘後，再針對題目，上臺進行五分鐘的日語演說。

宮城先生太了解這類比賽了，為了讓櫻子勝出，他針對所有可能出現的題目，一篇又一篇地撰寫演講稿：內容一定要壯烈到灑狗血；時間一定要管控到剛剛好，多一分、差半秒，都不算完美。凡是該人聲疾呼的；該激動握拳的；該仰起臉大聲歌頌，露出無限欽佩的；該紅了眼眶、哽著喉嚨，幽幽悼念的……所有該如何如何的，他都用紅筆標註得一清二楚。

他每次上山，櫻子、阿順伯公、邱信三個人，所有大小條的神經就拴緊到嘎嘎響。一整個下午，他都坐在木頭講桌的後面，用小小的距離，嚴厲地隔開臺灣與日本、長官與下屬。大寒天，冰冷的空氣，包抄了整間教室，圍攻著老老小小的身軀。四張嘴巴一開一合，都哈出霧溼的白煙。心思儘管不同，目標也未必一致，但都需要迸出全身的力氣去狂追。力氣一迸射出來，寒流就不再那麼冰冷、那麼欺負人了。

宮城先生的制服早就換成全黑的，烙鐵熨斗照樣把一褶一線、一襟一袪，都熨整得像刀子削、斧頭劈。脫下帽子的頭顱，微微禿了頂。四十歲左右，離鄉背井的滄桑，已攀爬上額頭與眼尾。薄嘴脣抿得太用力了，嘴角便往下彎，拉扯成悲情又固執的弧線。兩隻手肘撐住桌板，短窄的身子向前傾，眼睛及耳朵都朝向他所栽培的緋寒櫻；屁股甚至半懸空，離開了椅子。全身上下，三萬六千個毛孔都那樣專注，專注到讓人不忍！

一股酸楚冒出來，迴盪成漣漪，慢慢在阿順伯公的心海擴散——唉！眼前這位督導梅仔坑教育的「巡學」，平常雖然官模官樣，但再怎麼討人嫌，也只不過是個拼命的男人而已！跟二三十年前的自己，有甚麼不同？跟家中那幾個認真又認命的兒子，又有甚麼差別？

他的名字叫「太郎」，那、那就是宮城家的大兒子囉！孤身獨人，來到了臺灣島，會是自願的嗎？他下面還有沒有弟弟，名叫甚麼「次郎」、「三郎」、「四郎」的？會不會也出征到遙遠的戰場？

他在日本有沒有「多桑（トウサン）」（父親）？他的多桑年紀有多大？說不定比我還小呢！兒子們不在身旁，那個當多桑的，會不會心肝亂糟糟？會不會一天一天算著日子？會不會一到黃昏，就站上小山崗等候著？會不會揪著心，酸著鼻，眼巴巴眺望著？

望著！想著！阿順伯公的眼睛迷濛起來，如霧又如電了。

那道電流，穿越了綿延的山河，橫過了無邊的海洋，與日本某個小家小院的老人連結上了。這一連線，悲涼慢慢升上來、體諒緩緩生出來，對宮城先生的敵意也就一寸寸降低下來。

左手抓簿子，右手握住筆，邱信的兩隻手都太用力了，指尖擠壓得紅一陣、白一塊；手背上一條條血筋爆凸著，像 竄慌張的小青蛇。他站著做筆記，兩隻腳恭謹又謙卑，豎成一根水泥樁；手、眼、耳朵、嘴巴、腦子都忙得很！既要記下每一個字音的糾正、每一個動作的修改；還要適時地翻譯給櫻子聽、示範給櫻子看。

他哪敢直視宮城先生？只要是長官，尤其是矮個子的日本長官，面對面時，他一定會垂下脖子、彎下腰骨，以免過高的身材，冒犯到可以主宰他的人。

他更不敢大剌剌瞄向櫻子——那朵被殷勤灌溉、熱切期待的鮮花。鮮花正要被栽培成奇葩，所有艱辛的過程，他工參與著、榮耀萬分的進行著。

但是，才二十多歲，奔竄在體內的血液，何等的炙熱！他不免癡癡想著、偷偷盼著，盼望有那麼一天，這朵梅仔坑的鮮花，只向著他綻放，只為他一人芬芳！

被老、中、青三個大男人圍繞的櫻子，可要好好管束自己，免得「噗嗤！」一聲笑出來，就忘掉背進腦袋瓜的演講稿了。

可是，要忍住笑，真的好困難喔！

——宮城先生的眼睛，睜得好大、凸得很圓，活像河裡的魚在瞪白眼。阿順伯公的眼睫毛，一直在眨巴眨巴，溼溼的，是被冷風吹的嗎？蒜頭鼻子還紅吱吱，是不是偷喝了阿順姆婆藏的老米酒？最近幾個月，戰爭打瘋了，難道老姆婆也瘋了，還敢偷偷藏米、藏酒不成？

還有，那個又瘦又高的邱信老師，竹竿似的腰身，幹嘛老彎成一棵柳樹？不嫌累、不怕瘦嗎？他喉嚨一直「嗨！」「嗨！」答應著。每「嗨！」一聲，頭殼就用力頓一下，比顧家的大黃狗還要忠厚！那是真的？或跟我一樣是裝出來的？

他的歌聲真好聽，他自己知不知道？

好久以來，我在竹林內挖筍，他在樹林裡唱歌。唱久了、聽久了，我也就會哼會唱了。現在，他當上了先生，也拿那些歌來教學生。這一教，我才知道：〈人形〉是在唱洋娃娃、〈案山子〉是在唱稻草人、〈カタツムリ〉是蝸牛；〈亀と兎〉是在說烏龜跑贏兔子的故事……他常公開誇讚我記得最快、唱得最準。他哪裡知道？在望風亭附近，這些日本囝仔所唱的兒歌，我老早就偷偷學、悄悄會了。

除了哼哼唧唧、嫩聲娃氣的小孩子歌，還有一大堆要大叫大吼的軍歌，他還沒拿出來教，我卻老早就聽熟了、記上了。這幾個月，背了這麼多篇演講稿，軍歌的意思大概也明白了。

哎！那種軍歌也很好玩，擺手踢腳大力喊，挑重擔時最好用了——一根扁擔、兩個籮筐，隨著節奏跳呀盪的，一上一下，顛顛晃晃，再遠再陡的汗路，一下子就走到了。而且，愛國愛民用唱的，絕對比用背的、唸的好太多、趣味太多了！三個大男人連這個都不知道？真傻！

念頭飛快，在櫻子腦袋裡轉呀轉的！管不太住的嘴角，又要往上揚了。不過，她是個好女孩，梅仔坑訓練女孩有自己的一套：「笑不露齒、行不搖裙」的古戒律，太文謅謅了，誰能記得住？把老東西改頭換面，變成「笑若見齒、歹命到死；裙花亂搖，財銀不留」的警告，就把女孩子管教得動靜皆宜了——至少在男人面前。

悅耳的女音，絕對是超強的磁鐵。三個大男人，看不見櫻子鬼鬼祟祟的竊笑；只看到她眼神飛動、眉毛低昂，隨著一篇篇不同題目的講稿變換著，平穩、期盼、激動、哀傷、祝福、痛惜、豪壯……甚麼感情都有、甚麼表情都具備。小小臉龐，流光煥彩，帶著認真的努力，甚至是拼了命的刻意。但是，卻怎麼矯揉造作，就怎麼自然得體！

三個大男人滿意極了、也期待極了。

當然，他們是不會知道的——櫻子根本沒把教室當教室，這裡的演講臺，只是另一個望風亭。習慣在風中歌、霧中舞的女孩，也只是把唱歌跳舞，換成「國語演講」而已！

國語演講比賽

開春了，昭和十八年（一九四三）的春天，太平洋戰爭打得更劇烈，梅仔坑的歲月，早已失落往日的平靜。

櫻子的比賽，就在不寧不靜中，如同一陣風捲來了。

第一場，是在梅仔坑的「庄役場」（鄉公所）進行。

即席演講比賽的題目，真的多到二三十個：「國旗」、「天皇陛下」、「國語與我」、「勝利」、「擊滅米英機」、「臺南州青年」、「大東亞決戰」……個個劍拔弩張，十足的軍國主義。

不必費吹灰之力，櫻子就拿下了第一名，因為抽到的題目是「元氣」——宮城先生預擬的演講稿之一。

才開始學「國語」幾個月，卻是三刀兩下，就把二三十個長期受訓的敵人，一個個砍下馬來。櫻子的能耐，真的不輸給歌仔戲裡移山倒海的樊梨花；就是比起梁紅玉、楊門女將，也絲毫不遜色了。阿順伯公高興到眉飛色舞；邱信走起路來，更是虎虎生風了。

從此以後，櫻子除了農事與入贅事，被人添油加醋外，又多了一個被說嘴的項目了。說嘴的具體內容是甚麼？是欽佩？是調侃？好像還在捉迷藏，還在山嵐裡飄浮、雲海裡遊蕩。

但是，背誦稿子去「即席」演講比賽，又搶到了第一名，這算不算作弊？櫻子自己有點懷疑、也有掩不住的心虛。

宮城先生全看出來了。決戰臺灣島的戰爭，才開打第一仗，主將的信心與決心全動搖了，這是天大地大的危機，不能不緊急處理了。他運用政戰謀略，對櫻子進行了心戰喊話。激昂慷慨的訓勉之後，所下的結論當然也斬釘截鐵：「是努力，不是作弊！」

阿順伯公有他另一套看法：語文只是工具，工具不是成品，不必太擔心。何況，多背一些講稿，就多認識一些字；多認識一些字，就會讓讀書種子早一點發芽、快一些茁壯。比賽與考試，本來就「三分天註定，七分靠打拼」，沒啥大是大非的，哪需要斤斤計較？櫻子已經夠打拼、夠辛苦了，何必逼她摔落道德的陷阱，苦苦去掙扎，那多殘忍呀！

於是，老保正拍起胸脯，掛了保證：「免驚！伯公做妳的靠山。從古早到現今，由小鄉庄到大郡州，所有去參加演講比賽的，誰人不暗記一大堆文章？只要是妳嘴巴講出來的，就真真正正、完完全全是妳櫻子的！誰若敢『白白布硬要染做黑』，講妳用小人步數得勝，或罵妳是『三腳仔』，哼！伯公就拿布袋針去縫死伊的臭嘴，再拿柴刀去斬斷伊的腳骨！」

代表梅仔坑庄出征嘉義郡的比賽，是在兩星期以後。

櫻子的小手往籤筒一摸，抽出來的題目也很小、很簡單——「兵」。愈簡單、愈沒得講，對櫻子愈不利；宮城先生的講稿，跟征戰相關的有很多篇，卻沒有這種料想不到的簡單。

一路護送出賽的阿順伯公及邱信，心裡暗暗喊苦！這一仗顯然硬得很！若是在嘉義郡就先鎩了羽、斷了箭，宮城先生不知道會有多失望？還有，櫻子要是沒大大的露臉，龍眼林村就丟盡了臉；櫻子沒贏到光彩，整個梅仔坑庄就輸得漏氣。

櫻子呢？嘿！她才沒想那麼多！

平日裡，插稻秧的逞強、抽黃藤的勇敢，全化做一股股能量，在她身上來回奔竄。演講比賽的評審才幾個人，哪能跟望風亭的千根竹、萬棵樹相比？把他們當成傻竹子、笨大樹，就沒啥好害怕的了。

懷著一身的山野，她走上演講臺，腳步輕盈盈，態度卻威凜凜。彎腰一鞠躬，九十度的、全日本式的，頭慢慢仰起來，淺淺的微笑也浮上來。

刻意停一下、頓一下，眼睛小跑步，跑過一張張圓的、方的、黑的、黃的、男的、女的、老的、小的、日本的、臺灣的臉孔，讓交頭接耳的、打瞌睡釣魚的、丟了心失了魂的，都認認真真看見她。

全部都在看她、等她了，她才要風風光光、燦燦爛爛地正式亮相！這一亮相，不再是深山荒村裡割竹筍、挑籮筐的小小農女；是掄起刀槍、揮舞棍棒，一路拼鬥下去的梅仔坑女將。

「尊敬する審查員の先生の皆樣、お早うございます。高い山の麓にある竜眼村から参りまして、林桜子と申します。私は国語講習所の学生であり、小梅庄を代表して嘉義郡の国語スピーチコンテストに参加できることを、大変光栄に存じております。」

（各位尊敬的評審先生，大家早安。我的名字是林櫻子，來自高山上的龍眼林村。

我是國語講習所的學生，很榮幸能代表小梅庄，參加全嘉義郡的國語演講比賽。）

她的甜淨秀麗，不是從古典仕女圖中拈出來、描出來的，是悠悠天地生出來、長起來的。但是，光這樣哪裡夠？還要用潑辣的畫風，揮灑刀馬旦的英姿給她。當溫柔與剛強，徹徹底底揉合起來時，那才是十八歲的她，素樸又亮麗的她。

青春的小嘴巴紅潤又靈巧，一張一吐，吐出了粒粒珍珠。珍珠飛旋著，迸射紅、橙、黃、綠的光華，在一雙雙仰望的瞳仁裡，拉出七色的彩虹，流曳美妙的弧線，高高低低、或快或慢，盪過一通、舞過一遍了，珍珠再一粒粒墜落，墜落到玉盤子的心中央。

叮！叮！咚！咚！鏘！鏘！噹！噹！

珠那麼圓潤、玉那麼透亮！撞擊出來的音符，是汗路山水與靈秀女兒，協力合奏的即興樂章。

「私は国語を勉強してまだ六ケ月経っていませんが、どうか宜しくお願い致します。先生方にご迷惑をおかけして申し訳ございません。心から感謝しております。」

（櫻子我，學習國語還不到六個月，請大家多多指教。不好意思，給先生您們添了許多麻煩，櫻子真是非常感謝。）

她是聰明的，不忘透露自己只是初學。初學陌生的語文，就像小小孩兒學走路，走得顛顛倒倒、磕磕碰碰，是必然的，摔了跩、跌了跤，是會讓人心疼的；萬一能夠走得好、跑得快，哇！那是天賜的奇蹟，會讓人感恩兼感動的！

此時此刻，櫻子的開場白，字正腔圓；櫻子的臺風，穩健雄奇。來自偏遠的深山，卻一身落落大方，這麼端正、這麼亮眼的比賽者，不能不算是奇蹟！

「她真的學不到半年嗎？」評審們浮現大大的問號，問號的背後是更大的驚歎號：「那要吃多少苦？吞多少淚呀！」

「本日、私のスピーチのテーマは『兵』です。我らの偉大な日本皇軍は、全世界で最も優秀で、最も強い兵で……」

（我今天的演講題目是「兵」。我們偉大的日本皇軍，是全世界最優質、最堅強的兵……）

哦——喔——！不太妙！

五分鐘才用去一分鐘，還有四分鐘。比賽的四分鐘，絕對像四小時、四天、四個月……她活在青山綠水當中，一天到晚只跟家事、農事廝混，也沒見過幾次真正的兵，戰爭是怎麼打的？她哪會知道；兵分成哪幾種？各擔甚麼責、幹甚麼活？她怎可能明瞭？

——怎麼辦？接下去，可怎麼辦？

千萬不能慌張的，臉上的微笑與自信，半秒鐘都不准溜掉！但是，也不能硬杵著、死僵著，只要身子一硬、眼眉一僵，就算是駕起筋斗雲，一翻就十萬八千里遠的孫悟空，也翻到了五指山，被如來佛一把就擒住了。

隔著黑鴉鴉的人頭望下去，臺下的阿順伯公，正傳來一濤濤鼓勵的眼波。他白眉、白鬚、方正臉，像極了廟裡的玄天上帝！那一尊帝爺公，守護梅仔坑二三百年了。老了！臉被香火燻黑了，威嚴一點也不減，還燻上了更多的慈藹，不只嚇得跑妖魔鬼怪，也護得住男女老少。

是的！那是玄天帝爺公的一雙眼睛，正透過老伯公注視著我，是我永遠的靠山。所以，不怕的！沒啥好怕的！也不能讓老伯公丟臉或操煩的，他可疼我疼了十八年呀！

坐在老伯公身邊，臉急到發白的那個邱信，是我的老師。才大我兩三歲吧？比我早識字、早讀書，就當起我的老師來了！不過，我還是打從心眼服他的。

只是，他幹嘛比我還緊張？又不是他站在臺上！

其實，他脾氣好得很，好到有點可憐巴巴。那個死阿招、笨阿招，招來招去，大字小字永遠招不進腦袋。老師怎麼教，他怎麼錯；越教，他越錯；越錯，越像紅面番鴨在叫，嘎嘎！呱呱！獃頭獃腦地叫！老師還是咬著牙教，從不當眾開罵。

他呀！真是個好人，當老師就一定要當好人嗎？

呀、對了！那幾年，一到中午，他就在樹林裡踢大步、唱大歌，所有叫破喉嚨，吼出來的歌，好像都跟「兵」綁在一起呀？

都跟「兵」綁在一起！——喔！對！就那些歌，可以挖、可以找。其中有一首、落落長的一首，最、最特別的那一首……

嗯！沒錯！就那首，那首叫甚麼〈日本陸軍〉的？他常唱，唱得那麼大聲、踢得那麼賣力，一字一句都被山風刮進來，刮得整座竹林也千軍萬馬，殺來又砍去的。

那歌在、詞在，一字一音都沒跑，全部存在我的腦袋。

翻出來、抓出來！

對！就那首、那首——〈日本陸軍〉。

不是用唱的，要是用說的、講的、演出來的。

只要講得再順溜一點，演得再好看一點；添些油、加些醋：湊合一些別的、聯結一些我想的；再胡亂謅一謅、編一編，就可以變成「兵」，我所要演講的「兵」。

好了！這下子找到了！

演講臺上的櫻子，心臟不再亂突亂竄，呼吸也順暢了、平穩了。她減弱笑靨，換上嚴肅與崇拜；聲音也拐了一個大彎，變成理性的介紹、誠懇的深情。

「天に代わりて不義を討つ、忠勇無双の我が兵は、歓呼の声に送られて、今ぞ出で立つ父母の国。勝たずば生きて還らじと、誓う心の勇ましさ。」

（代天行道，征伐不義，是忠勇無雙的日本兵。我用歡呼之聲送他們出陣，今日出陣是為了父母國。不戰勝絕不回來——他們勇敢地立誓著。）

這一段歌詞叫「出陣」，也就是「出征」，只是小小起個頭，後面還有好幾個樂章。那是一九〇四年，日本虎卯上了蘇俄熊，就在中國的東北捉對廝殺。為了激勵民心與士氣，整個日本就傳唱這首〈日本陸軍〉。

曲調是豪壯的，歌詞是慷慨的，是那種讓男人耳朵一聽、嘴巴一唱，就完全忘掉生身父母、拋開結髮妻子、甚至丟下親生的軟嫩骨肉，就瘋狂地衝出去，衝向殘酷的戰場、迎向不可知的死亡。說不定，嚥下最後一口氣前，還會含著兩泡眼淚、帶著一抹微笑，舉手齊眉，對著太陽旗致敬、向深宮內的天皇告別。

而來自大和民族的固執，才會把軍歌搞到那麼複雜吧？

從大軍「出陣」唱開頭，接著，把陸軍所有的分科：「斥候兵」、「工兵」、「炮兵」、「步兵」、「騎兵」、「輜重兵」、「衛生兵」都一一點名，唱出來表揚。全體陸軍都總動員了，再高唱勝利——「凱旋」。結尾的樂章，當然要強調日本軍的大仁大義——發動戰爭，全是為了他們所認定的「人類和平」。

天性的好強、半年來的急訓，讓雷厲風行的皇民化教育，真的在梅仔坑的深山裡開出了奇葩。軍歌改成演講詞，竟然天生天成、行雲流水起來。櫻子雄壯威武地演講著：

「或いは草に伏し隠れ、或いは水に飛び入りて、万死恐れず敵情を視察し帰る斥候兵。肩に懸れる一軍の安危はいかに重からん。」

（有時躲在草叢中、有時伏在深水裡。不怕萬死、偵察敵情的是斥候兵。肩負著重要的任務，都是為了全軍的安危。）

「道なき道に道をつけ、敵の鉄道うち毀ち。雨と散りくる弾丸を、身に浴びながら橋かけて、我が軍渡す工兵の功労何にか譬うべき。」

（無路要開路，還要破壞敵人的鐵路。炮彈如大雨淋下來，仍然要冒險造橋。我們日本的工兵，從來就不會搶佔功勞。）

櫻子的激昂慷慨，讓臺下的邱信嚇一大跳，臉色從倉皇轉成驚駭，由灰白激動到紅通通。

演講詞是軍歌改的，他當然知道；在場的評審一定也有人聽出來。但是，那歌詞與題目真是吻合呀！不只是天衣無縫，簡直是天造地設。

但是，這首名為〈日本陸軍〉的軍歌，他從來沒教唱過，學生們的程度還差一大截，教了也是白教。櫻子是怎麼學？怎麼會的？還會得那麼流利？轉得那麼自然？她的應變能力又是怎麼來的？是哪個神明告訴她可以這樣子套用的？

是他嗎？——邱信偷偷望了阿順伯公一眼。這位老大人疼惜櫻子，是全梅仔坑公認的，是他偷偷摸摸教的嗎？

不！不可能，老伯公精通日本話，卻討厭日本軍歌，討厭到憤恨的程度。年輕人一開口唱，他的老黑臉就立刻罩起了寒霜。有時，還拿起煙桿子，往人的天靈蓋就敲下去：「夭壽死囝仔咧！要你去讀冊識字，不是叫你去欺宗滅祖！」

唱軍歌就會欺宗滅祖？哪會那麼嚴重？想太多了吧？

旁邊沒「四腳仔」在監督、「三腳仔」在窺探時，偷偷追問伯公，他的一對老眼還會噴火：「日本兵佔臺灣、打中國、侵犯全亞洲，殺人不眨眼、吃人不吐骨頭，你們還唱那款軍歌！勿知死活呦！」

所以，不可能，絕不可能是老伯公教的。

那——還會有誰？宮城先生嗎？

嗯！……是有一點點可能。但是，他哪能偷到時間呀？從頭到尾，我和伯公都一左一右跟著女學生的。

那——還會有誰？是誰把她教得那麼厲害？教得像統領千軍、指揮萬馬的女將軍？

喔！櫻子——那個梅仔坑的女將，又跨馬奔馳，衝向敵陣了：

「撃たれて逃げゆく八ヶの、敵を追い伏せ追い散らし。全軍残らずうち破る、騎兵の任の重ければ。我が乗る馬を子のごとく、労わる人もあるぞかし！」

（敵人被擊倒後就八方逃竄，追趕、埋伏迫使敵人潰散。殲滅敵軍是總目標，騎兵的任務呀很重大！所騎的愛馬像他的兒子，勞苦受傷卻是免不了！）

這一段，是在讚揚「騎兵」，順勢崇拜戰馬。

戰馬！衝鋒陷陣的馬！把勞力贈送給人類、把性命奉獻給戰爭的馬，牠們也是另一種「兵」呀！櫻子腦筋一閃又一轉，立刻聯結到〈愛馬進軍歌〉：

「騎兵はくにを出てから幾月ぞ、ともに死ぬ気でこの馬と。攻めて進んだ山や河、とった手綱に血が通う。

伊達にはとらぬこの剣、まっさき駈けて突っこめば。何ともろいぞ敵の陣、馬よいななけ勝鬨だ。

お前の背に日の丸を、立てて入場この凱歌。兵に劣らぬ天晴れの、勲は永く忘れぬぞ。」

（騎兵離開家國已數月，願與愛馬共生死。翻山越溪，進攻山河，熱血沿著韁繩往下流。

帶劍騎馬氣勢雄，一馬當先衝敵陣。敵陣立破真差勁！馬啊！為旗開得勝嘶鳴吧！

跨上馬背高舉太陽旗，高奏凱歌入城去。馬的戰功不輸兵，流傳後世永不忘。）

表彰完戰馬，櫻子又回過頭，接上了〈日本陸軍〉，介紹起支援前線，運送糧食與武器的「輜重兵」，歌頌他們分秒必爭，不怕勞苦與危險。又論及了「衛生兵」的慈愛，稱讚他們拯救傷患，是不分尊卑、不論敵我的。對於擅長掩護我軍、以炮火癱瘓敵人陣地的「炮兵」，以及躍過鐵絲網，攻堅殺敵，最先插立太陽旗、宣示勝利的「步兵」，當然也是全力頌揚。

完全不懂「兵」的櫻子，這一開講，徹頭徹尾變成軍事專家了。她從記憶裡篩選歌詞，就像在望風亭裡抓起雲、甩出霧，她神采飛揚地舞弄著，玩得輕巧隨心，卻又隆重無比。

估計只剩下二分鐘，還要講甚麼？

喔！對了！天上飛、水上航的都還沒講！太好了，湊足五分鐘沒問題了。

「守るも攻むるも黒鉄の、浮かべる城ぞ頼みなる……海行かば、水漬く屍赴。山行かば、草生す屍。大君の辺にこそ死なめ、長閑には死なじ。」

（攻擊與防禦，全賴黑鐵所鑄成的海上浮城……在海上作戰，甘心成為水浸之屍；登岸上山殺敵，情願變作雜草覆蓋之屍；為死在天皇身旁而義無反顧。）

這一首換成是〈戰艦行進曲〉了。她抽用開頭的前兩句，再挑選最尾巴的一整段，就湊成對海軍健兒的禮讚。

緊接著，禮讚從海上轉到天空。〈空之勇士〉的歌詞被活用了。她做出激動的手勢，一架架戰鬥機轟然起飛，翻轉於藍天白雲之間，有如淩空無敵的荒鷲，勇敢地衝破敵人的火網，炸毀戰車群，再悠然返回基地，隊長含淚仰望、微笑迎接勇士們歸航……

演講臺上，櫻子倚賴的完全是直覺。直覺從哪裡來？山林曠野、超強記憶、魔鬼訓練，都貢獻了一些。然而，那淩厲的眼神、肅穆的態度、逼真的手勢，卻完全不是那麼一回事。也不過才十八歲呀！嫩芽般的眼眸、玫瑰花瓣似的心窩，離戰爭真的還很遠！遠到沒有影子、沒有記憶，只剩下竹林外、樹林裡一曲曲的歌聲。

十八歲的心思，是春天浩瀚的海洋。潮來潮往，一波波、一濤濤，一起又一落、一層又一疊，溫柔細膩，曲曲折折。好一大片碧綠哪！水天一色的夢、豐豐盈盈的夢！儘管夢之外，國與家的沉重枷鎖，被強迫要扛著、挺著；潤紅的嘴唇也不得不殺聲震天。但是，夢的裡層、心的深處，卻是沁心的幽靜、無比的清涼。那是一把輕柔，倚著歲月的輕輕柔柔，即使到頭髮白了、臉皮皺了，耳朵裡都還要溢滿著那歌聲。

歌聲中，仇恨的字句、殺伐的節奏，都已經被過濾了——被山風、被竹葉，被水蓮、含笑、玉蘭、姑婆芋、野百合、山茶花……層層過濾掉了。濾盡了醜惡、滌清了貪婪，只剩下一派天真。

是呀！是竹林外的歌聲，幫助她突破眼前的困境，展現青春的榮采，怎能不心動？怎能不感激？要留著呀！她告訴自己，要直直留在心坎底、要偷偷搗藏在呼吸裡，哪怕是地老去了、天荒蕪了！

但是，地未老、天未荒之前，演講臺上的五分鐘卻快要到了。

海、陸、空都講過了，櫻子打的仗要漂漂亮亮收尾了。她大聲疾呼，用清亮又激越的聲音：臺灣有盡責的軍夫，幫助最優質的日本兵出生入死；臺灣有最愛國的皇民，時時刻刻支援著日本父母國。去年就有四十二萬多的臺灣男子漢，爭取才一千個「志願兵」的名額⑰，許多人咬破指頭，寫下效命的血書；沒被選上的，有人悲慟到切腹明志。今年，一定會有更多，更多的臺灣兵要為大日本犧牲，要噴灑炙熱的鮮血，灌溉偉烈的大和魂；要犧牲年輕的生命，奉獻給至尊的天皇陛下……

櫻子的聲音拉到最高亢，又在高亢中迴旋了一陣，才劃下「兵——日本兵，是男人中

⑰ 昭和十七年（一九四二）四月，日本實施「陸軍特別志願兵制度」，開始在臺灣募兵一千零二十人，有四十二萬五千九百二十一人應徵。第二年，募一千零八人，有六十萬一千一百四十七人應徵。

的男人」的完美句點。

臺下，評審團、聽眾群一片肅穆，卻肅穆到萬軍齊發。每一顆心臟，都是一面戰鼓。幾百人、幾百面戰鼓，同一時間擂起了殺聲，鋪天蓋地的震撼。

鈴聲也剛剛好響起，整整的五分鐘，半秒都不差。

櫻子再度彎下腰，同樣是深深的禮敬，九十度的，全日本式的。清麗的臉龐慢慢仰起來，兩行熱淚也適時地湧出來、流下來。眼睛不再小跑步了，仰著一臉滔滔的熱淚，她望向天皇的玉照、望向太陽旗，呈現完完全全的虔敬與崇拜——她內心真的半點也不造假，不過，不是對天皇，是對宮城先生：「您寫的、教的，真正是有效。我演出來、用出來，臺下就起猶兼抓狂，您好厲害哦！」

評審、觀眾，日本人、臺灣人，全場靜默，沒有半句喝采、沒有一個掌聲，所有緊繃的戰鼓卻都還在敲、還在擂，用轟破耳膜的力道，捶打在一個個飽脹的胸膛裡。

主審裁判是日本官，好一陣子，他才慢慢立起身。臉一抬，很駭然的——竟也是淚，滿眼滿腮的淚。

立正，肅然，他舉手齊眉，對櫻子行了一個軍禮：「兵士一同、男性一同を代表致し

まして、桜子様に敬意を表するとともに、感謝を致します。」(謹代表士兵、代表男人,向櫻子小姐致敬並表示感激!)

聲音是洪亮的,態度是認真的。赤紅的眼眶、致敬的標準軍禮,說明了一切、也等於宣布了名次。接下去的賽事,當然是「有若無、實若虛」了。

頒獎臺上,櫻子立定位,向前正走三步,頓住,雙手高舉過頭,在如雷的掌聲中,接下了第一名的「賞狀」,再往後退三步,向後轉,鞋跟「喀!」一碰,邁開腳、回座位。一臉的清新、一身的燦爛,真的像早春的花蕊、初昇的驕陽。

歸

很少公車、缺乏汽車,大部份只用牛車運輸的日治時代,臺灣重要的公路交通網「州道」,也被稱為「軍道」,與老百姓的關係並不黏貼。

櫻子一行三人,先走到嘉義的鐵道驛站,搭乘縱貫大線的火車到大埔林,再轉「新高製糖株式會社」⓲的五分小火車，到梅仔坑庄外、倒孔山溪邊的車站。最後，還要乘坐延伸軌道的輕便車，回到梅仔坑市街。總共才二十多公里，卻是山遠水遙，大費周章。

縱貫大線的火車上，兩個護送的大男人都不說話了。面對面的四人座，邱信單獨坐著，心情是狂喜後的慌亂，眼睛、手腳、腰骨都不知道要怎樣擺？

不該這麼樣的！太沒出息了！他聲聲自我討伐。

火車快飛，飛奔在初春的原野，用不可思議的速度。邱信卻是悠悠蕩蕩、恍恍惚惚，整個人溶解了，心與神全飄浮到車頂上。

斜對面坐的是櫻子——講習所中，他教的學生；現實世界裡，他心儀的女郎。現在，她拿下全嘉義郡冠軍了；臺南州，甚至全島的比賽，也不是沒有希望……這樣一來，當學生的好像贏過老師了，那、那、往後的課要怎麼上？而且，撐半年、忍半年了，過了今天，內心潛藏的那個東西，會不會就現出原形，再也管不住、壓不下了？

他清楚得很，自古以來，梅仔坑的戀愛很少有好下場：單戀就不必說了，簡直是禍延祖

⓲ 即今天的大林糖廠。

宗、殃及八代；甚至活到眼睛花了、牙齒掉了，都還會被人揪出來恥笑。一般的戀愛更慘烈：沒經過婚禮就男歡女愛的，叫做姦淫，叫做狗男女，有可能抓去寒水潭浸豬籠處死的。運氣好一點的，要趕緊包裝成「父母之命，媒妁之言」完婚，要不然，被眾人圍剿、被無情砸爛是必然的。人的一輩子，可以做主的，不是自己的婚姻大事，是親生兒女的嫁娶選擇。兒女膽敢剝奪父母唯一的專利，當然要引發最嚴厲的制裁。

那——倘若、倘若……倘若、師生之間有了不倫戀呢？

喔！那種事嘛！從沒聽說過，或許從沒發生過吧！

會怎樣？誰知道？可能變成洪水猛獸、可能導致天崩地裂吧！梅仔坑樹多、鳥多、人也不少，每一個三姑六婆、七叔公八嬸婆，每一張熱呼呼的臉上，都長了十二隻利嘴。不！不是十二，是二十！二十隻尖酸刻薄的烏鴉嘴！所以，往後，往後能怎麼辦？怎麼辦才好？

火車上的阿順伯公，也不知道再來要怎麼辦？

他黑硬多皺的手肘倚著窗戶，老眼迷茫，看向無邊無際的遠方。車窗怎麼關都關不下來，飛快倒退的景物，撞擊他的眼睛、顛覆他的心情。整個世界都在倒行逆施了，還強灌冷冽的風，把他的白髮、白眉、白鬍鬚，刮得亂七八糟，像嚴霜後的枯草。原本偉岸的身軀好像縮小了、溫煦的目光也失焦了，玄天帝爺公的神采完全消失，變成斷了棘、折了刺，受了重傷的老刺蝟。

「伯公！您偷偷對我講過，您有去過上海、去過東京；臺灣頭、臺灣尾也全部走透透，那、那您有看過李香蘭唱歌、演電影否？」櫻子挽住老伯公的臂膀，輕輕搖晃，演講臺上淩厲的霸氣，卸除得乾乾淨淨，變回可人的小黃鶯，在耳邊清脆呢喃。

「當然嘛有看過！」老人家卻沒轉過臉，低沉的聲音很複雜，悶壓著驚懼、夾帶著懊惱。他不要！不要無憂無愁的小黃鶯，被改造成獵殺成性的大荒鷲。

「那——伯公！您愛看櫻子演戲嗎？我搬來演去，真好耍呀！」婉轉清新的語調，依舊是小黃鶯在輕啼。

「啥？死查某鬼咧！天大地大的比賽，妳當作是演戲？」老刺蝟一下子就痊癒了，不傷不痛了。

「是呀！有夠趣味哪！」櫻子抿嘴一笑，小臉蛋紅噗噗的，兩片卷翹的睫毛，眨呀閃的，不像撲火的飛蛾，是戲春的彩蝶。

「妳騙天、騙地、騙這大群戇人？」老伯公的白鬍子彈了彈，跳起舞來。

「無呀！我一點也無騙人。伊們愛聽啥，我就講啥、演啥！免挑重擔、免煮飯洗衫，出門看東看西，心內就有夠歡喜囉！」日夜操勞的小農女，管他甚麼皇民教育？只一心享受著難得的假期、難得的驚奇。

「這個嘛！嘿、嘿！好、好！按這樣就好，按這樣就好！無啥大問題囉！」老伯公猛點頭，笑開懷，丟失的神采也全部找回來了。

但是，臺、日雙方像雙面刀刃，刀刀鋒利，他一路走來，像行走在高空鋼索，步步驚險。經驗豐富的老保正，還是板起臉警告了不知天高地厚的小妮子：「要細膩小心喔！千萬莫要黑白亂亂講！若有人告去派出所，無天無地的日本巡查，會將妳從活跳跳關到死翹翹，也會害全梅仔坑悽慘落魄哦！」

「嘿！伯公哪！我只有對您一個人講，您才要細膩！莫一溜嘴就傳出去哪！」櫻子鼻子一皺、嘴一噘，粉粉的臉龐偎著老人厚厚的肩，終究還是那個愛嬌的小囡仔，沒啥改變。

「嘟——嘟——鏘、鏘、鏘……跡恰、跡恰、跡恰……」轟隆隆的世界，鐵軌與車輪磨撞著，從過去開了過來，過來到現在。

「嗚——嗚——」火車大嗚大叫，老伯公奔波天涯的記憶，瞬間被喚醒了！苦難與寧靜交替、掙扎與妥協共存；建設與剝削同在、教育與洗腦並行……

啊！矛盾的現實，磨人的歲月，不挺過去就活不下去。挺過了這一關，還是會有下一關。關關難過，卻要關關過！就像火車進出一座座隧道。隧道是全黑的，瞎掉眼睛似的漆黑；隧道是缺氧的，氣管被掐斷似的窒息。但是，轟隆隆撞進去、闖出去，一衝出山洞，天光就會閃起來，更亮、更強、更扎眼！空氣也足了，可以大口吸、用力呼了！

但是，下一個隧道不會憑空消失。黑暗與窒息，又會蒙頭蒙臉再罩下來。

「鏘、鏘、鏘……」「跡恰、跡恰、跡恰……」

飛閃的景物、轟隆隆的磨擦。車廂裡，座位的方向不同，看到的一切就不同，有正面向前的、有倒退向後的。鐵軌那麼長、未來那麼遠，人老了，操心不完的，不管自願或被逼，也終究都要下車去……算了！只要盯著、守著，南下沒坐到北上，北上沒搭到南下，就讓良心稍稍安歇吧！老伯公微微笑了。

縱貫線大火車「跡恰、跡恰、跡恰……」

五分線小火車也「跡恰、跡恰、跡恰……」

漫長又掙扎的歸程，搖著規則的韻律、晃著單調的無趣，卻也把人搖鬆了、晃軟了。折騰一天的老伯公累了，安心地打起瞌睡來了。

接下去，他是被嚇醒的，被湧進車窗的呼號聲，嚇得直跳起來！睜開眼睛，第一個看見的，竟然是宮城先生的黑帽、黑制服。筆挺的黑官服旁邊，是一張激動的日本臉——梅仔坑庄長的。

小小的庄長，在日治時代的鄉下，卻是「喊水會結凍」的超級大角色。昭和十年（一九三五）以前，臺灣人還能擔任庄長，享受一點官家的派頭。後來，中日情勢大壞，戰爭一觸即發，在文化與血緣上，與「支那」糾纏不清的臺灣人，就顯得更可疑、更難信任了。於是，全面性的「以日控臺」變成必要，庄長就換成官派的日本人了。

梅仔坑的最高行政官親自來迎接櫻子，一切就非同小可了。

小小的五分火車月臺，擠滿了官員、仕紳及民眾。日本官員在炫耀皇民教育的成功，小小庄民在慶賀家鄉女兒的揚眉吐氣。一面面的「日の丸」國旗，以及有十六道紅光的「旭日軍旗」，被瘋狂煽著，口語的「萬歲！」「櫻子萬歲！」「梅仔坑萬歲！」潮水般湧來，推擠成巨波，噴爆到天上去。

大陣仗的接風，太意外、太突發了！櫻子只能全程微笑著，讓威嚴謹慎的宮城先生，用中規中矩的日本語，述說著栽培過程的艱辛；也讓見多識廣的老保正，用原汁原味的臺灣話，去描繪她今天的奮戰，光榮的勝利。

那艱辛的栽培過程，一定會一層層向上通報，官員們也會一個個入山來嘉勉。山中奇葩的芳香，會一村一村、一庄一庄、一郡一郡，甚至一州一州地傳開來。而今日的勝利，不只是龍眼林村的勝利，也擴大為梅仔坑庄的勝利。今日的奮戰，也一定會被加油添醋，流傳成未卜先知、神魔降靈的大鬥法。群山環繞的梅仔坑，雖然沒有秘密，也很難擁有真實。淳樸熱情、流言蜚語，好像是鐵道的雙軌，永遠並行向前、不離不棄。

人多，櫻子並不害怕；矜持，絕不是忸怩作態，只是在展現女性的教養。但是，屬於她的榮耀，再怎樣也要偷偷享受一下！辛苦了快半年，歡呼聲、讚佩聲、萬歲聲聽一聽，就更有力量衝下一場了。

下一場比賽，很快，才一個多月而已！

她微微抬了頭，笑意盈盈，往旗海、人海望去……

哇！哀呀！怎麼又瞧見他了──那個死阿招、笨阿招！

喔！今天是大好的日子，不能再偷偷罵人，天公伯會生氣，會收回好運道！

──嗯！是、是講習所的同學，那個陳招人啦！他怎麼也來了？也杵在人群中揮著「日の丸」，嘴巴張得那麼大，喊川來的日語「萬歳！」，音還是不準吧？春天已到，早就要灌田插秧了，他走那麼遠的汗路，又候在月臺等那麼久，會是自願的嗎？不可能！一定是被強逼來的……

黃昏的月臺上，被人潮推來擠去的阿招，用全力揮著、招著「日の丸」，「萬歳！」的日語，真的還是喊得不清不準。但是，天地良心，他絕對是自願來的！

俗話說「春天後母面」。正中午，天頂的火球突然大發威，照得人頭暈目眩。梅仔坑的男男女女，雙腳踩在爛泥田，彎腰駝背，一手一束，播插著蓬萊米的青苗。戰爭愈打愈激烈，盟軍的飛機雖沒炸到臺灣，但是，再偏遠的山區，都領受戰爭的恐怖了。多少年來，簡簡單單的寧靜、天經地義的安穩，才幾個月而已，就變成了鏡中花、水底月，摸不到又抓不著了。

人人都心知肚明，流血流汗種出來的飽滿米粒，絕大部份被官方用最賤的價錢，搜刮得乾乾淨淨。有錢不能買、也買不到米；要吃米，還要拿「配給券」去領，領到的，又永遠比「四腳仔」、「三腳仔」、「國語家庭」、「光榮軍眷」少很多。

米太少了，只好混著蕃薯塊、山芋頭、樹薯籤去煮，煮出不三不四的雜糧飯，常常讓肝膽吊著胃袋、大腸牽著小腸，咕嚕咕嚕大聲喊餓。但是，不耕不種是不行的，讓好好的良田荒著，冒出一地的雜草，不僅人要關進牢房，良心也會自責不安的。

庄長早就接到勝利的消息，他傳下命令，一村村、一戶戶宣告了櫻子的光榮，鼓吹大家趕去梅仔坑接風。

阿財伯敲起了破銅鑼，大嗓門嚷遍了龍眼林村。正彎腰播田的阿招，把秧苗一扔，兩隻泥巴大腳「噗通！」「噗通！」往田岸就踩過去，任憑阿爸在背後罵翻天，他頭也不回，奔上了汗路，衝往五分小火車的驛站去。

是呀！怎麼能不去迎接？那是梅仔坑破天荒的榮耀；創造榮耀的，是他日夜思慕，差點就牽手一生的女人。

平時，再怎麼戀她、想她，都要遠遠躲著她，不小心碰了面，她還會瞪白眼、哼鼻子，一臉的不高興。但是，今天可不一樣了，可以露頭露臉去迎她、接她，名正言順的望她、喊她。只要能看到她，挨老爸幾句狠罵，又有甚麼要緊？看她！只要能好好看她一眼，就可以很滿足、很快樂。今生今世，要是能讓她快樂，趴落地當狗爬，被她踢、挨她罵，都歡喜甘願，甘願到命都可以不要！

槍後皇民

一個多月後，宮城先生、梅仔坑庄長、阿招、阿財伯……真的又來到驛站了。眼前的一切，全部再重現一遍——場景雖然相同，瘋狂的程度卻增加好幾倍。

這一次，是櫻子勇奪臺南州的冠軍回來了。

櫻子抽到的比賽題目是——「槍後皇民」。演講的時間是十分鐘。

槍桿子後面，指的當然就是後方、非戰區。「皇民」呢？還專指優越的日本人嗎？

戰爭打了這麼多年，日本早已缺兵、缺男人，不得不把上戰場的專利，為天皇犧牲的榮耀，分賜一點給臺灣人。而一向溫馴的臺灣人，有的歡欣鼓舞、有的逆來順受。因此，昔日被鄙視為「次等」、「劣等」、「不識字兼無衛生」的臺民，拜戰爭危急之賜，開始升格為真正的皇民——至少在公開場合裡。

櫻子心底雪亮，一抽到這類的題目，馬上就拋棄了慷慨激昂，改用一個接一個小小的故事，搬演出全臺灣支持作戰的溫馨與感動。

她娓娓訴說著，聲音像春天的雨，溫柔地灑落大地：每年的「天長節」、「地久節」⑲，臺灣上上下下都虔誠禱告，祈求天皇、皇后政躬康泰、福運綿長。小學生、中學生暫時還上不了戰場，但是，「皇道的修鍛」卻很認真在執行：每個月的一日、八日、十五日，校長率領全校師生，畢恭畢敬地參拜神社。清晨，學生們走進校門，就自動自發向天皇肖像行三鞠躬禮；朝會訓話，太陽旗升上天空後，師生全體都面向北方，遙拜起皇大神宮，聲聲高喊著「天皇萬歲！」

每個月有好幾天的「節米日」、「無米日」，就是槍後皇民們，只喝地瓜湯、啃玉米穗、吞樹薯粕，好節省下蓬萊米、在來米，一袋一袋運往前線去。百姓甘心挨餓受苦，只求前線的

⑲ 天長節（てんちょうせつ）是慶祝日本天皇生日；地久節（ちきゅうせつ）本是慶祝皇后生日。昭和六年（一九三一）後，被訂為母親節（母の日）。但一般民間仍為皇后祝壽。

戰士能吃飽，才能保家衛國呀！

慈愛的媽媽們，天天為孩子準備「日の丸」便當——在少少量的米飯正中央，放一顆紅紅的梅子，這樣的太陽旗，可以激發無窮無盡的愛國心。

此外，不能衝鋒殺敵的女性們，組織了「愛國婦女會」，人人拿起針線，為出生入死的戰士縫製軍服；又主動到出征軍人、軍夫的家裡，以打掃環境，照顧老小，來表達由衷的敬意與謝意。男人們含淚挖除快要豐收的農作物，改種大量的「蓖麻」；又去「油車間」，沒日沒夜地榨油，只因為，天上飛的戰鬥機、陸地開的坦克車、海中航行的戰艦，都迫切需要大量的潤滑油。

從城市、鄉村到山上，所有的槍後皇民，每天由保正帶領著，認真做著「收音機體操」，希望擁有強健的身體，當戰士們堅強的後盾。「全民捐獻金屬運動」一展開，家家戶戶就捐出鐵罐、鐵桶、鐵板、鐵鐘；甚至把耕田用的鐵耙、鐵犁、鋤頭、鐮刀；煮飯用的鍋蓋、鍋爐、鍋鏟，都一樣樣捐出去，希望這些賴以為生的器具，能熔鑄成槍枝炮彈，成為前方戰士殺敵的武器。

「千人針」——出征士兵掛在胸前、圍在腰上的護身符。自古以來就傳說：只要有一千個女人，用真誠的心、熱烈的愛，在潔白的棉布條上縫上一針，這樣縫繡出來的千人祝福，就可以保護士兵的肉身，擋掉可怕的子彈、遮滅漫天的炮火。於是，女學生們紛紛走上街頭，彎下腰身，低聲懇求來來往往的婆婆、阿姨、姑姑、姐姐、妹妹……請她們一人一針，千人千針，縫出美麗的圖樣，以及「武運長久」、「八紘一宇」的祝福與理想。

一條條嚴厲、強制，一違反了，就可能被關入監獄、挨受毒刑的官方命令，在櫻子的口中，全部美化為自動自發、心甘情願、爭先恐後的愛國行為。一件件、一樁樁，都是「槍後皇民」支援偉大聖戰的具體事跡。

演講的最後，櫻子用「君が代少年」（君之代少年，又稱國歌少年），做了美麗又感人的結束。

她說：昭和十年（一九三五），新竹州苗栗郡，地牛大翻身，死傷慘重。十歲的少年詹德坤，雖然身受重傷，卻用生命最後的力量，一字一聲，唱起了莊嚴又悅耳的國歌——〈君が代〉：

「君が代は、千代に八千代に。細石の巖となりて、苔の生すまで。」

（吾君壽長久，千代長存八千代。永未歲常青，直至細石成巨巖，巖上生苔不止息。）

奮力唱完了〈君が代〉，英勇的少年詹德坤，才在父母和眾人含淚的守護中，安詳地闔上雙眼，永別他所熱愛的日本父母國。

櫻子柔美的聲音，幽幽傾訴著讚佩：不可抗逆的天災，可以奪走性命，卻奪不走愛國的情操。槍後少年詹德坤對天皇的崇敬、對日本的熱愛，早就打敗了猙獰的死神，喚醒全民的愛國意志。他雖是早凋的櫻花，卻在眾人的仰望中，用最淒美的身影，回歸到神聖的大地。所以，不只是臺灣總督府明令表揚，「君之代少年銅像」也被豎立在苗栗的家鄉，他的勇敢與偉大，更被編進教科書中，成為激勵「槍後皇民」奮起的好榜樣……

聊

櫻子走上司令臺，領了臺南州第一名的賞狀之後，阿順伯公、邱信老師又陪著她，踏上山遙水遠的歸途。

遙遠的旅程、相似的比賽，讓新鮮感降低了、刺激感減弱了。櫻子的興奮、邱信的緊張、阿順伯公的擔憂，似乎都有些遲鈍了。也因為感官都遲了、鈍了，聊起天來，反而自在了、輕鬆了。

「伯公，君之代少年詹德坤，真正在死去前，只要唱日本國歌？拒絕用臺灣話叫阿爸、阿母？」演講歸演講，櫻子的腦袋瓜塞滿了問號。

「誰知？這一事件，聽說是公學校的日本校長傳出來的，伊黑白亂亂編，報去總督府騙人、等著升官，小人！卑鄙！無廉無恥！」拿別人的苦難當自己的資源，伯公當然撇嘴哼鼻子。

伯公開炮轟人了，櫻子趕緊轉移話鋒：「伯公！每日透早八點，您就要站到最頭前，帶領一村內的大大小小，比腳畫手、砰砰碰碰，做那款『ラジオ体操』（收音機體操），您有歡喜否？」

小妮子天性愛促狹，哪壺不開偏提哪壺！鬧一鬧老伯公，免得老人家生悶氣或打起盹來，撇下她和邱信面對面，無言、心虛又難為情。

「呸！有啥好歡喜的？撞過來、跳過去，人不人、猴不猴的，見笑死囉！」老伯公覺得「收音機體操」根本就是脫褲子放屁。山裡的粗做人，天天勞筋動骨和山野拚命，哪需要玩這種把戲？

「是呀！不過，對城市內的人來講，『ラジオ体操』逼伊們互相熟識，聯絡出好感情；而且腳手一震動，頭腦就會轉旋、腰節骨也會變靈活。戰爭是『非常時』，身體練得勇健，未來才有希望呀！」有阿順伯公夾在中間，男女授受不親的戒律，就模糊掉一些，邱信也敢插上幾句話了。

「伯公！您的寶貝曾孫子阿桐，有愛吃『日の丸便當』否？」櫻子持續歪纏著。

「哼！配給米才一點點，無人吃得飽。大人餓還比較沒要緊，細漢囝仔餓起來，看著就心酸目眶紅。我全家腹肚束乎緊，合起來煮白米飯給阿桐伊兄弟們帶飯包。紅紅的鹹梅子放在飯中央，講啥是『日の丸國旗便當』。哼！其實是叫咱們的囝仔，咬一小嘴鹹嘟嘟的酸梅乾，就吞落半粒便當。可憐喔！無肉無魚、無營無養，青菜吃過多，面色也變得青損損、白蒼蒼。戰爭！戰爭！真是反天逆地，悽慘落魄哦！」

連老保正家都苦成這樣，普通老百姓當然更慘，櫻子和邱信心也都抽痛了。

「我拿到全梅仔坑庄第一名以後，配給米有多一點點，是伯公您替我去『庄役場』

申請的？」櫻子十分感激，也想提振一下消沉的氣氛。

「無呀！伯公是臺灣人，哪有夠力？是宮城先生去爭取的。伊講妳替全梅仔坑打拼，無吃飽就無元氣。唉！伊嘛！算是好人，跟一般的日本『四腳仔』無同款！」

「配給米有多一點，就勿相信妳有吃到？一定是分入妳小弟小妹的碗內去了！」深切的掛念，隱藏在師生間淡淡的關懷。但是，一講完，邱信還是微微紅了臉。

櫻子一震，不敢答、也不敢望向他。男女有差別、師生有距離，一切只能藏著、蓋著。但是，十八歲的心思何等敏銳！點滴成河，她怎會沒感應？

車廂內，框框格格的座位、規規矩矩的排號；車廂外，酥暖暖的春天，鵝黃嫩綠的原野。她迎著滿滿的風，心裡也滿滿的，全是風。

幽微的情愫，在小倆口間偷偷傳遞著、發酵著，卻沒引發老伯公太多的注意。

從一雙迷濛的老眼望出去，豐饒的嘉南平原無邊又無際，稻田、蔗田、菸田、蓖麻田，一田田向後倒退，倒退著逆轉的歲月，飛逝的人生。

逆轉到那一年。啊！那一年，好遙遠！遙遠到他才只有二十五六歲。

幽默、風趣、泥土味與豪爽個性，都是打從娘胎就帶出來的；但頭髮全黑、劍眉星目的他，一張臉就撐起了方正，有稜又有角，線條比現在剛硬太多了——個性也是。

甲午大戰，大清帝國輸掉了寶島。馬關條約中，料想不到的，竟留給臺灣人兩年的時間，可以選擇國家、可以決定去留。

選擇去——就要棄屋棄田，連根拔起，移植到黑水溝的對岸，完全陌生的「母國原鄉」。

決定留——雖然守住田園、親友及祖墳，卻要接受殖民地的對待，淪為二三等的公民。

最後期限一到⑳，他的祖父、伯叔祖父，帶著他阿爸、阿爸的堂兄弟，以及所有的媳婦兒孫們，肅立在祖宗牌位前，焚香稟告了決定，再行三跪九叩的大禮。接著，白髮蒼蒼，快九十歲的曾祖母，拿出了剪刀，替全家的男人一一剪掉辮子。

大家安安靜靜，沒有憤怒、沒有悲悽、沒有背叛祖國祖宗的愧疚，也沒有天地變色的慌張。休息一下後，拿鋤頭的照樣下田去、刷鍋煮飯的進廚房、該讀書的也進書房去……

現實明明白白告訴這一大家族：母國原鄉雖然值得眷戀，安身立命卻比甚麼都來得重

⑳ 一八九七年的五月九日，是臺灣「住民去就決定日」，臺人離去的有六千四百五十六人，佔總人口的百分之零點二八。

要。荷蘭人、鄭成功、大清帝國都來過了、管過了、也走掉了；日本人會不會也一樣？誰知道？反正，誰來誰走都一樣；統治者變來變去，似乎已成這座島嶼的宿命。唯一不變的，安安穩穩、可信又可親的，只有腳下這一片土地——祖先一代代開墾出來，可以生養出一代代子孫的土地！

當時，年輕氣盛的阿順伯公，掙扎了兩年，鬧過無數次家庭革命，最後，終於也認清楚現實，不再高喊民族大義，堅持要航向黑水溝，投奔那棄絕臺灣的大清國了。

往後的日子，他清澈的眼睛，看到日本治臺之後，硬體建設真的突飛猛進；中國人的傳統惡習，也確實去除了不少，整個社會變得安定、乾淨、有秩序、有效率多了。但是，他敏銳的心靈，也痛惜農民的被剝削、同工不同酬的假平等，以及文化的霸凌、政治的壟斷、人權的被踐踏……

逐漸邁入盛年的他，鬢角飄著幾絲灰白，更增添了人情的練達。傳統的、優質的文化素養，他真的沒忘也沒放；但是，對岸的原鄉，已慢慢地褪去濃彩，只在午夜夢迴時，撩動些許的惆悵。至於，要怎麼做？才能讓自己、讓家人、讓梅仔坑鄉親，甚至讓臺灣的島民，活得更尊嚴一點、過得更美好一些，才是他在意的、日思夜想的問題。

於是，他力拼日語，成為能看能聽、能說能寫的超級高手；又當上了「保正」，用圓融的手腕，處理著臺日的庶務。偉岸的身軀，為村民遮風擋雨，成為梅仔坑重要的守護者。

在山區，他是身段柔軟、辦事勤快的好保正；一溜進城，他就搖身一變，成了具體的行動者。冒著高度危險，加入了「臺灣文化協會」；宣揚替人民發聲的《臺灣青年》、《臺灣民報》；巡迴全島的「文化演講」他也時時出席。幽默又低調的他，草根性、親和力都一流，雖不是檯面上的領導人物，卻是奔走出力的隱形幹部。

那件讓他刻骨銘心的事，也發生在縱貫大線的火車站——臺中驛。

算來是大正十二年（一九二三），二十年前的事了㉑。

寒風冷冽的中臺灣，卻是萬頭攢動。從月臺到馬路，民眾含著熱淚，夾道歡呼，一聲聲的「萬歲！」衝入雲霄；鞭炮一串接一串，大鳴又大放。臺中警察署長，一身戎裝，騎著高大的鎮暴馬，揚起鞭子驅趕民眾。民眾卻散而復聚、不離不棄。一路跟、一路送，跟著被譽為「臺灣民族運動鋪路人」的蔡惠如先生；護送著他與蔣渭水、蔡培火、林幼春等十二位臺

㉑ 治警事件。

灣菁英，闖入日本監獄去。

十二位——真的都是臺灣的菁英，也都是硬頸的好漢。

一直以來，他們帶頭呼號，要求設立「臺灣議會」，倡導在日本武士刀尖下的臺灣人，要擁有自己的立法權、預算審查權，甚至自治權。他們在全島徵求連署；派代表赴日本請願；結合留學生在東京遊行，大量散發傳單；最後，還去「帝國議會」遞交請願書㉒……

熱情的民眾一路跟、一路送，送到監獄的門口。還好，當時的異族，是明治維新後的異族；當時的總督是文官㉓，不是嗜血好戰的武夫。所以，十二位菁英沒被砍頭，沒被吊死，最長的刑期也只有四個月。

不久，蔡惠如在監獄裡，寫下了「山高水遠情長，喜民心漸醒，痛苦何妨！」的〈意難忘〉㉔；蔡培火也創作了〈臺灣自治歌〉。

〈臺灣自治歌〉！那真的是陽光的奮鬥，島民的心聲！

㉒「臺灣議會設置請願活動」是日治時期臺灣社會運動的主流。從一九二〇年至一九三四年，前後十四年，先後向日本國會請願十五次。後因日華關係緊張，遭日本總督命令停止。

㉓臺灣第九任總督內田嘉吉。

多少年來，阿順伯公偷偷教過邱信、教過櫻子，教過許許多多臺灣囝仔。那些埋下去的種子，還在嗎？會發芽嗎？

七十多歲的伯公，心潮澎湃起來，車廂內人不多，藉著火車「跡恰、跡恰……」噪音的掩蓋，黑硬的手指頭，敲著椅子的扶手，輕輕打起了節拍；蒼勁的老喉嚨，壓低聲量，用原音原韻的臺灣腔，哼了起來：

「蓬萊美島真可愛，祖先基業在。
田園阮開樹阮栽，勞苦代過代。㉕」

歌聲飄進耳膜，櫻子、邱信都嚇一大跳，小兒女偷偷傳遞的電流與情思，瞬間被打亂、截斷了，兩人既是慌、又是窘。但是，再怎麼慌、再怎麼窘，上一代的無奈與堅持，他們還是模模糊糊意識到了。

㉔ 蔡惠如〈意難忘〉：「芳草連空，又千絲萬縷；一路垂楊，千愁離故里。壯氣入樊籠，清水驛、滿人叢，握別至臺中。老輩青年齊見送，感慰無窮。山高水遠情長，喜民心漸醒，痛苦何妨！松筠堅節操，鐵石鑄心腸。居虎口，自雍容，眠食亦如常。記得當年文信國，千古名揚。」

㉕ 阮：我們。代過代：一代接著一代。

只不過，歷史的擔子太沉重、軍國的統治太強勢、皇民化教育也無孔不入。選擇低頭，就一面倒，可以很省力、很安全；不想卑屈一面倒，就充斥徬徨與掙扎，不只危險，也凌遲人。

飛揚的青春，是個人的；要不！也是兩個相愛的人的，誰願意被祖先、被家國，層層綑綁？可是，從小就被老伯公提著抱著，不可能沒感沒應。種子埋在泥土裡，雖無法成樹成林，但是，還在！沒腐沒枯，一有滋潤，說不定還會冒出青嫩的小芽。

櫻子更是不忍心了，她要證明她沒忘——沒忘記在望風亭裡，老伯公一字一音，認認真真教給她，又叮嚀她不能隨便唱出來的歌曲。她不是只記得日本軍歌而已！她要當老伯公疼愛的「死查某鬼」，讀不讀書、演不演講，永遠一樣。

她伸出小小指頭，靠在黑硬的大手掌旁邊，也跟著節拍，輕輕敲；也和著臺灣音，用心唱，唱起了下一段歌詞：

「著理解、著理解㉖！

㉖ 要明理、要知曉。

阮是開拓者，不是戇奴才。
臺灣全島快自治，公事阮掌才應該[27]。」

邱信沒跟著唱，謹慎的額頭沁出粒粒汗珠；一雙眼睛閃著警戒，前後左右，來來回回巡視；甚至站起身來，阻擋外人的好奇。再怎麼瘦削，再怎麼驚慌，他用生命也要保護眼前這一老一小。

唱完了，伯公的大手心，在櫻子手背上用力一拍，爺孫倆相視一笑，默契絲毫沒跑掉。

「我講阿信哪！你有去申請改日本名否？」老伯公身子向前傾，問得小聲又小心。火車剛好大鳴大叫，尖銳的汽笛、轟隆隆的撞擊，強化了問題的勁道，變成義正詞嚴的責問。

「無！無！絕對無！」蒼蒼莽莽的原野，無遮無擋的日光，一片刺閃。最簡單的回答，卻有著強烈的掙扎，邱信臉又紅了。

他不是不想，是暫時還不敢。

這幾年，所有擔仕公職的臺灣人，幾乎都改日本名了。日本人夠陰、夠狠、夠聰明，表

---

[27] 由臺灣人民掌管公眾事務。

面上不逼、不迫、不強制，但是，不改名換姓，飯碗就保不住；與升遷、加薪、福利更是絕緣。反過來，只要一丟棄老祖宗的姓，換掉父母取的名，職場通道就順暢了，社會地位也抬升了；配給的物資，更立刻變多、變優了。

「好！好！男子漢、大丈夫，坐不改姓，行不改名！」阿順伯公伸出大手掌，猛力拍著邱信的薄肩膀。

這一拍，腦筋跟著一震，心臟也抽痛了一下——想當年，啊！當年，頂著一頭白雪的曾祖母，也是拿起剪刀，為家裡的男人，一條一條的剪掉辮子，剪斷那條與大清國的聯結。

剪得斷辮子，剪不掉被罵「清國奴」的侮辱。被迫改語言、改文字、改國籍、改姓名，這島嶼真的有宿命嗎？怎麼一代代都遇上了？

憤怒、感慨、無奈、怨恨、悲愴……亂七八糟糾纏著。好在飽經風霜的人生，自有一種歷練後的豁達。老伯公長長歎了一口氣：「唉！改姓換名，其實也無啥要緊！現在改得去，將來也改得回。俗語講：『只要樹根顧乎在，毋驚樹尾做風颱』。」

就讓滄海桑田去變吧！亂世裡，無刀無槍的老百姓要活下去，對自己、對別人，都要懂得圓融與寬容！

「啥是樹根？啥是樹屌？」櫻子問得急切切、眼睛亮閃閃，果然是那個愛問、愛撒嬌的「死查某鬼」！

「哈哈！來！來！偎過來……」

老伯公大手一招，兩個小腦袋瓜就靠過去。風雨如晦的時代，讓自家人更親密了。但是，這一靠，兩雙青春的眼睛相撞了，撞出了雷火、引噴了電流，絕對有燒天燎地的趨勢。

小兒女驚慌了，眼眸一躲，急急閃開，換成兩顆心臟去砰砰跳。

老伯公開講的興致，卻像滾水燒開了，咕嚕咕嚕一直冒泡，哪管旁人的溫度也在節節升高：

「伯公問你們：『圓台日本人』是啥？你們知否？」

「我知！」邱信、櫻子同聲回答。

回答得太同聲了，心底一甜，眼睛不躲了，輕輕抬，斜斜瞄過去，卻瞄見對方也在偷瞄……呀！該死的風，怎麼這麼強？頭髮一定亂得不像樣！怎麼辦？

喔！不行！不行！要回神的，不能被發現、露出馬腳就慘了！

鬆開了糾纏打結的情絲，小倆口回到了不公不義的現實。

是的，「圓台日本人」是啥？這種可笑又無奈的事，很少人不知道。

原來，戶政機關一邊鼓吹、利誘人們改日本名，一邊又恐怕分不清楚臺灣人和真正的日本人。所以，改歸改，官方的戶口名冊裡，臺灣人的日本名字頭上，就硬生生被蓋了一個紅圓圈，圓圈裡面，標明一個「台」字。所以，改名的臺灣人，就被叫作「圓台日本人」——原來是臺灣人的假日本人。

「改名，不管甘心不甘心，伯公要你們條條記著：㊣台，裡面的『台』，是樹根頭，絕對要種入土地內底、栽在心肝中央，不能忘記，也不可放棄。外殼的那個圓圈仔，就好比是樹枝尾。不管是圓的、扁的、尖的、三角五角形的、七歪八斜的……怎樣變、怎樣改，攏總無要緊。咱們心頭抓正，目光看遠，無論是鑽天或竄海，自然就有本事囉！」

以敵人之道反攻敵人，又找到了這麼精彩的比喻，老伯公沒有一絲得意，只有千種期待、萬種悲涼。

那種悲涼，兩個小小兒女，大概是懂得的，只是，興致並不怎麼高昂。眼前的那個人兒、心中的那份情意，才是最重要的。沒那個人、少那份情，未來就不太情願成家。沒了家，或者家不像家，國就更遙遠、更不重要了。

青春已逝的老伯公，哪能體察得這麼細膩？他還是緊緊揪住兩個小聽眾，繼續開講。

「卡！喀！」「嗯！」

哇！慘了！老人家打掃一遍喉嚨，長篇大論逃不掉了：

「你們知否？有一個《臺灣民報》的出名記者，名叫做『黃周』。日本人硬的軟的，對伊百般的威脅兼利誘，要他改名換姓。他氣到、惱到，心一横，就將名字改做——『吾黃周也』！意思是：大爺我呀！本名就叫黃周！你想要怎樣？」

咦！伯公不訓話，反倒說起笑話了——雖然，那是真人真事，不怎麼好笑。

櫻子也接口了：「對了，伯公您也講過：有一個姓李的，大門口有一口古井，喝了七八代人了，為著感恩，他改的日本名，就叫作：『井上有李』。」

「哈！厲害！真正是厲害呀！」老眼睛閃著痛惜，但大嘴巴一咧，用爽朗的喝采掩蓋了。兩個涉世不深的小傢伙，也跟著笑了。

「還有，還有，伯公講給你們聽……」話匣子一打開，積壓很久的東西，就想傾洩，不管用甚麼方式：「有一群人，甘心放掉一切，全家徹頭徹尾講日本話，來爭取『國語家庭』那塊小小的門牌。」

「小小的門牌，大大的好處，一掛上門楣，身份和地位馬上高尚起來。『四腳』、『三腳』就不會來找麻煩了。」邱信搶著當老伯公的解說員。在心儀的櫻子面前，他多想展露自己呀！

「哈！『四腳』、『三腳』無來找麻煩，國語家庭的臺灣囝仔，卻有一大堆麻煩！」

伯公是講故事高手，他變化著多種表情，訴說著臺灣人的多種遭遇：徹頭徹尾親日的「國語家庭」，小孩子一出娘胎，耳裡和嘴裡就全部是日語，半句臺灣話也不會聽、不會說。結果是——表面的高尚，換來了實質的寂寞：日本小孩的圈子，硬得像銅牆鐵壁，他們打死也進不去；本島孩童的圈子，勉強進得去，彼此的交談卻往往是「雞同鴨講」。

童年沒玩伴，彩色人生變灰白，誰受得了呀？所以，「國語家庭」的孩子們，常常違逆長輩，偷偷學習被丟出家門的「母語」。但是，胡學亂跟的結果，那種夾雜著日本腔，走音又怪調的臺灣話，一出自臺灣囝仔的嘴巴，梅仔坑的老大人聽了，十個有十一個想哭。

想哭歸想哭，形勢比人強，又能怎麼樣？只要不徹底拋棄，就有撿回來的希望。阿順伯公對這樣的小孩，還是疼惜無比，暗暗鼓勵著。

有一天，才十二歲，取了日本名，又只會講日本話的臺灣囝仔——千田俊夫，遇到了阿順伯公。小小臉上，佈滿了困惑與難堪。老伯公苦心追問，小俊夫才吞吞吐吐說：

「おじいちゃん！アリが私を殴った。」（伯祖！阿麗打我。）

「アリは良い子だろう、なぜ君を殴ったんだね。」（阿麗乖乖的，為何會打你？）

「実は、すべておじいちゃんのひ孫に台湾語を教えてもらったことから始まったんだ。」（其實這一切，都是因為我請求您的曾孫子阿桐教我臺灣話。）

「よしよし、君たちは良い子だ。」（嗯！很好，你們都是好小孩。）

但是，接下去，千田俊夫的敘述，卻越來越勁爆了：

原來，俊夫暗暗喜歡鄰居阿麗，偏偏阿麗才剛入學，聽不懂日本話。為了討好小女生，俊夫卯起勁來，向阿桐學習臺語。

阿桐的古靈精怪，一向不輸給大鬧天宮的潑猴，他直接把教人變成了「整人」。

怎麼整？怎麼被整？

憨直又熱情的俊夫，興沖沖地把阿桐教的臺灣話，拿去讚美他的小西施。放學時，他守在汗路旁，紅著臉，對著阿麗高喊：「阿麗，妳真正有夠嬲㉘！」

「嬲」，對女孩子來說，是集所有侮辱的大成——三八、輕浮、不知醜、愛作怪，甚至是

「花癡」的代名詞。

阿麗一聽，先是一愣，接著，牙一咬、腳一跺，潑辣辣衝上前，手一甩，狠狠賞了臭男生一巴掌。但還是要不回公道的，她滿腔的羞怒全部噴湧到喉嚨，「哇！」一聲，哭了，轉過身，拔腿跑開，蕩氣迴腸的憤恨，隨著她的腳步以及曲折的圩路，一下高、一下低，飄來又盪去……

小男生的初戀，當下就砸碎，碎得爛糊糊，不可收拾了。

「俊夫君、すまん、全部桐のせいだ。わしが帰ったら必ず彼に罰を与えるから！」

（俊夫！很對不住！都是阿桐的錯，我回家後，一定好好責罰他！）

七十多歲的老人，低頭認錯了！

沒辦法，誰叫整人的，是自己頑皮的曾孫；被整的，是無辜的女孩；挨巴掌的，是憨厚的男孩，每一個都是龍眼林村的子弟呀！

老人家誠心誠意的道歉，反而讓小男孩窘迫起來：「おじいちゃん、怒らないでくだ

㉘ 臺灣話「嫐」，讀作「ㄏㄧㄠˇ」。

さい。桐君は悪くないんだよ。正しい台湾語を教えてくれたんだから。」（阿順伯祖！您別生氣。不是阿桐的錯啦，他有教我正確的臺灣話。）

果然是「國語家庭」出身，日式嚴格教養的小孩，俊夫用字正腔圓的日語，替好朋友伸冤求情了。不只這樣，他還提出具體事證，要證明好友阿桐並沒有罪大惡極。

俊夫的手指拉一拉自己的頭髮，用還算不差的臺語，演練出阿桐的教學成果：「這是頭鬃！」接著，再用五爪耙比劃出梳頭的動作：「我用柴梳——梳頭鬃。」

阿順伯公點點頭，蹙緊的眉心緩緩舒展，沒那麼愧疚了。

俊夫再接再厲，指著自己的兩道黑眉毛、骨碌碌轉的眼睛：「這是目眉、這是目睭」，「我的目眉——烏烏。我用目睭——看東、看西。」

嗯！阿桐果然聰明，懂得教名詞，還要教造句，造句配上誇張的動作，既趣味又好記。嘿！有阿祖的好遺傳，沒白疼伊！

「這是鼻！」「我用鼻坑——喘氣！」俊夫指著鼻頭，再掀翻兩個鼻洞，又是吸氣、又是噴氣。

老人家忍不住笑了，心裡再一次為曾孫子喝采——好！真好！阿桐沒耍猴戲、亂騙人，這樣才算是忠厚嘛！欺負「國語家庭」的小孩，根本就是打落水狗，見笑死人的！臺灣話好聽、好學、好講，只要肯學、認真教，臺灣囝仔就救得回來，不會滿身的大和味、滿嘴的日本腔、滿頭殼的軍國萬歲！

小俊夫看著老伯祖眉開眼笑，臺灣話就越說越溜、越溜越來勁了。

他指著自己的嘴巴：「這是我的『尻撐』（屁股）。」

緊接著，他再比出左手端碗、右手用筷子扒飯進嘴巴的動作：「我用『尻撐』吃飯，真香！」

哇！晴空打下霹靂、平地爆起焦雷，一粒老鼠屎，壞了整鍋粥！

完了！毀了！全破功了！

當然，老伯公回家之後，小阿桐的「尻撐」，就挨了一頓狠狠的藤條，又罰跪在院子裡好久好久。

但是，火車上，三個大人，全部哈哈大笑了。隨著車輪與鐵軌「跡恰、跡恰……」的伴奏，老伯公更是邊笑邊搖頭，笑到淚油都流了出來。

送

梅仔坑庄、倒孔溪溪畔，五分小火車的驛站，大陣仗的接風儀式，喧鬧了很久。櫻子是二度凱旋、奪下臺南州總冠軍的女英雄，當然被一面面「日の丸」包圍著、被一浪浪「萬歲」歌頌著。

但是，日本庄長的歡迎詞，跟上一次的差不多，沒翻出新的驕傲與祝賀。宮城先生臉上的欣慰，也徹底卸除了，換上了沉默，而沉默，徹底反映了沉重。

怎麼能不沉重？

前幾天，軍方傳來了黑暗的消息——由九州開往臺灣，最快、最高級，可乘載千餘人的郵輪「高千穗丸號」，就在基隆外海，被美國用魚雷擊沉了，絕大多數的乘客不是血肉橫飛，就是水沉海底。這慘事證明了戰火更逼近臺灣島，臺日航線以及太平洋的制海權，卻已完全淪入敵人手裡。

更黑暗、更痛苦的是：遠在日本的櫻子——他的愛妻，他的老父老母、幼子幼女，在東京大轟炸之後，一直生死杳茫。都快一年了，再怎麼追尋，還是像風箏斷了線、滅了蹤。

他困鎖在恐懼與焦慮中，經常是一夕數驚，傷慟到血淚交迸。但是，人前人後，卻仍然要咬緊牙撐著、橫了心挺著，保持不崩又不裂。所有仰賴的力量，就是來自深山奇葩的希望。無論如何，他都要讓臺灣的櫻子——他的女學生，紅遍全島、香傳日本，來綴補他支離破碎的人生，來鼓舞他疲敝不堪的祖國。而現在，奇葩的希望越靠越近了，近到壓在他五臟六腑上！

而櫻子心中的那個死阿招、笨阿招，還是忍不住再來驛站了。

這一次，他又變回怕光畏人的山老鼠，遠遠躲著、偷偷望著。前一次的接風，他在月臺上的熱情，早就被加油添醋，流傳成全梅仔坑的笑話。幾個死不正經的，一遇到他，馬上踮起腳跟、伸長脖子，顛手又顫腳，煽起隱形的「日の丸」，模仿他不清不準的「萬歲！」。把他對櫻子的滿腔愛慕，表演得像發情的大公狗。

日已西斜，驛站中，人湖紛紛散去。殘陽幽幽，撫照著歸人，從頭髮、背脊到腳跟，都灑上燦爛的金黃。

阿順伯公、邱信繼續護送著櫻子。

歸去！要越過梅北村，進入彎彎長長的市集街道，再轉向入山的汗路，一步步登踏石階，穿過大樹腳、水底寮、樟湖、竹仔崊，才能走進燈火疏落的龍眼林村。

人多的市街，很難看得到家燕，在貧苦的屋簷下，就算築好了巢，也遮不了風雨；而既富且貴的人家，死守著日式的整潔，又怎麼會容許一根羽毛、一坨鳥屎，飄落到門楣或屋角？相對的，山中的鳥就自在多了，不管是烏鶖、麻雀、白頭翁，或者是小卷尾、紅嘴黑鵯、魚狗、金絲燕……趁著霞彩還有餘光，全部卯起勁來啁啾，吵雜成一片，一隻隻飛呀竄的，甚至俯衝落水，再跳到岩上，啄啄羽、撲撲翅，一派擋不住的歡樂。

夜行的火把早已準備好，人陽一跌落山坳，火炬就要點燃起來，驅趕掉汗路的黑暗。但籠天罩地的黑暗，絕對不是一把小小的火炬，就可以趕得跑、驅得掉的。還好，山中的黑，對他們來講是熟悉的，還夾帶著些許的爛漫與親切。甚至，在黑暗大傘的保護下，還可以把白天不能公開唱的歌，大聲又大膽地唱它幾遍。

舉著閃閃跳跳的火把，他們走進龍眼林村。已經半夜了，邱信趕緊回家去，櫻子就暫宿在阿順伯公家。

一整個早上的比賽，好幾個小時的舟車勞頓，再加上黑暗中的跋山涉水，櫻子累了，一下子就被周公牽進香甜的夢鄉。

魇

她真的睡得很香、很甜。一切真的，都像夢；所有的夢，都似真。真與夢、夢與真，是控管不住的人間戲碼？或是抽乾了聲音、弄糊了顏色的迷離幻境？

櫻子奔跑著，在蜿蜒的汗路、在朦朧的夢中，恍兮惚兮！惚兮恍兮！

她辮子鬆開了，一頭長髮，迎著春風展揚，像一疋滑柔的黑絲緞。黑絲緞飄呀撫的，飄撫過唇邊燦爛的笑靨。

儘管高山深谷，綿延無限，但駭人的峭壁，在她面前躺下了、夷平了；粗硬的土石，化為柔軟的細沙，接捧著她纖巧的腳掌，一步一腳印，步步新奇、步步嬌嫩。

花雨——滿天灑落；星光——遍地燦爛！

梅仔坑的汗路，她的人生路。奔去呀！笑盈盈、喜滿滿！

前方，有個人等著、有份情守著！奔呀旋呀！衝身前去，不怨不悔！兩三年來，竹林裡的兒歌、軍歌，是少女不能說的秘密。兩三個月來，臺上臺下、人前人後，偷偷的凝望、幽幽的期盼，是含蓄又浪漫的詩篇。奔呀！旋呀！衝身向前，衝向那個人兒，奔向那份情意，不悔不怨！

可是，花雨為何停了？星光怎麼暗了？

汗路！啊！那汗路，怎麼攪動起來？

歪了、扭了，爆突、崩裂了！

是再熟悉不過的汗路！是挑擔走過千百回的故鄉路！怎大翻大甩，狂掀狂騰，完全變了樣？喔！它在蜷縮、它在絞緊，它一尺、一丈，一丈又一尺，爆出瘢瘢節節、疙疙瘩瘩的鱗片——啊！汗路！汗路竟然變成大怪蛇了。

是蛇妖！千年的蛇妖！三角頭高高昂起來，脖子撐脹得胖大，一身都是攻擊，蓄勢待發的攻擊——兩隻蛇眼火熒熒，駭人的碧綠油黃，一眨一瞪、一閃一滅，凝視出最原始的邪惡與饑餓。分岔的蛇信，一伸一吐，伸伸吐吐，探索獵物的氣味；黏搭搭的唾液，牽著絲、閃著光，一滴一滴淌下來！大血口連接著黑窟窿，絕對是通往地獄的門。一對毒牙，是兩把彎翹的尖刀，一觸，咻！腥濃的毒汁就射出來。

噌！噌！咻！咻！……千年的妖蛇，呼吐著殺氣，油溜溜滑行。突然，牠拱起，向前啄，猛力一觸，迅雷的速度與強度，大尾巴再一掃，擊倒、捲住了那個人，那個守在前方等候她的男人。

啊！妖蛇鎖住那人了，一圈又一圈，纏住、捆緊，排山倒海的力道勒下去，一吋再緊一吋、一尺再縮一尺，壓——擠——，他骨頭嘎嘎響，是破碎前的呻吟。

人兒，怎麼不呼救？不逃命？

汗路，人生路，他的、也是我的，怎麼變成這樣？剛剛都是好的、美的，怎會這樣？

那人呀！快逃，不要被生吞了、活吃了，逃呀、快逃……

逃、趕緊逃！人生只活一回、相遇只在今世！能有第二回嗎？有來世嗎？誰知道！

人哪！快逃！快掙脫那蛇妖，扭開、滑開、甩脫牠，我來幫你、拉住你，狠狠地、拼死命地，就算散筋碎骨、就算魂飛魄散，也要拉住你，絕不讓你被血口銜走、絕不准你被地獄吞噬。

撐住！再撐一下下！

阿順伯公最疼我們了，他是神，擋得住一切。他會來，我喊！喊他來，來幫我拉住你、挽住你，留下我們的未來。

「伯公、伯公！」「阿順伯公！阿順伯公！」……

櫻子喊得崩天裂地，一聲聲，都是從小到大的仰仗；一句句，都是生死交關的求救。

「伯公、伯公、趕緊來！阿順伯公！趕緊來救伊，救伊呀！」……

阿順伯公沒趕來，櫻子卻嚇醒了過來！

厚厚的雲層，阻擋一道道晨曦，天與地灰撲撲的，鎮壓著鉛塊般的重量。她滿身冷汗、一臉滔滔的淚。

用手背抹去淚水，卻抹不掉滿心的戰慄，更趕不走戰慄所帶來的巨大慘傷。

伯公呀！您在哪裡？

她急著找老伯公，她要把臉埋在他寬厚的胸膛，她要在他噴滿菸味的鬍鬚叢裡，找到答案、討到安慰。她是伯公疼到骨子裡去的「死查某鬼」，她可以掄起小拳頭，一拳一拳捶敲老人，問他，在最需要的時候，他怎麼可以請不到、喊不來？

不來！一切就毀了、碎了……

喔！伯公，她的老伯公，有著黑檀色大臉，銀白色鬍子的伯公，是守護她人生的玄天上帝！他不是最會降妖伏魔嗎？蛇妖不是被他踏在腳下嗎？怎麼跑出來撒野，怎麼吞掉、吃掉等候她的那個人？

是夢？她當然知道是夢。但是，要手掌捧著、心肝護著的東西，不能沾上不祥，不准變成惡兆！那是她的未來、滿心期待的未來！

「伯公、伯公、阿順伯公！」

她喊著，一房一房覓著。不必壓低聲量，山裡頭人人早起，睡太晚，就是懶豬，就是丟臉。

人呢？夢裡喊不來的，怎麼醒後也找不到？

人呢？都到哪裡去了？

她穿廊越室，走出三合院的大宅。喔！看到了，在竹篁下、牛寮裡，阿順伯公全家都在那兒。男男女女，老老小小，是全家沒錯，包括被當成自家人的兩條牛。

兩條牛——大母牛、以及牠生的小水牛。

小水牛還沒斷奶、犄角也還沒長出來，只在頭頂上，露出了兩個小突，兩隻牛眼亮汪汪，只看著自己的生身阿母。牠緊緊挨著，不是低下頭，湊著鼻子，在阿母的肚下尋索奶頭；

就是頂著兩個發癢的小突，牴著、拱著阿母的身軀，磨磨又蹭蹭。

任由小牛胡鬧著，那隻龐大的母親，神情是全然的溺愛。牠伸出紫紅色的長舌頭，一下又一下，舔著自己的親生寶貝。大舌頭舔過、掃過，小牛犢的一大片毛就潤了、溼了，乖乖倒伏下去；再逆方向舔回來、掃過來，毛又換了邊，一根接一根，溼了，舒舒服服貼著，躺下來。

怎麼全家出動，圍著那一對母子？怎麼安靜成一片？連愛鬧愛玩的小阿桐也閉嘴了？櫻子慢慢靠近，悄悄地、自然地，融進那一大家子。

她明白了，為何伯公喊不來？伯公的巨大慘傷，不在虛無縹緲的睡夢中，是在此時此刻的現實裡。

牛寮地上，擺放一大摞新割的青草，露水點點，像閃閃的淚珠。那要多早就去割呀！阿桐頑皮歸頑皮，上學前割草餵牛、放學後牽牛去泡水塘，小小年紀，多麼盡責！

但是，這孩子是怎麼了？用力憋著氣，小胸膛一鼓一癟、鼻子一吸一張的，是要逼回快擠出眼眶的淚水嗎？是要壓下拼命往喉嚨冒的抽泣嗎？今早，他的老曾祖一定摟著他，聲聲告誡：失去心愛的東西，就在別人面前哇哇大哭的，絕對不是男子漢！

滿頭銀白的阿順姆婆，領著兒媳婦、孫媳婦，低著頭、垂著手站著，守在自己男人的身後。每一雙眼睛都紅腫多汁——她們不是男子漢，可以享有落淚的權利。

她們也全都是母親，都知道——偶而溺愛一下孩子，有多幸福！多滿足！她們的勞動量、對這一家子的付出，也都不輸給那隻大母牛。她們傷慟著、也惶駭著！會不會有一天，自己也會被拖走？或者，孩子們會被帶走？那樣，當母親的，就完完全全、徹徹底底，失去溺愛孩子的機會了！

老伯公跨進柵欄，捧起一大把青草，再分成一小束一小束餵給大母牛。母牛張口銜了，磨著牙吃了。才嚥下喉嚨去，溼厚的牛嘴，又探向伯公的大手掌，兩個鼻孔「噌！噌！」噴氣，討著再要。甚至，低下脖子，歪拱著牛頭，磨蹭伯公的腰和背。

原來，大母牛和「死查某鬼」一樣，都是撒嬌慣的！

一把又一把，慢慢地餵，那張方方正正的老黑臉，藏在白眉白鬚下，沒風沒雨，平靜到像橫了心、認了命。但是，櫻子瞄見了，捧著青草的手指尖，哆哆嗦嗦在抖。

——啊！伯公！昨夜，我的夢中；今早，您的家中，都在刮颱風、崩土石流。

伯公，對不起！我是那麼自私，只想到自己，從沒關心您！您在我心目中雖然像神，但畢竟是人哪！

這幾天來，您是壓下多少痛？陪我練習演講、陪我出征臺南！昨天，您還刻意一路說笑……而他們，有槍有權的他們，卻要帶走您的牛，相依相伴那麼久的牛。

沒錯！牠是牛，但也是人，您的家人呀！

您說過：大母牛的阿母、祖阿母、曾祖阿母，都養在您家、也老在您家、死在您家。四五代生育，四五代留下小母犢仔，代代耕您家的田、拖您家的車。老了、耕不動、拖不了，就養在牛寮裡，掛起大蚊帳，天天有青草吃，有幼嫩的甘蔗尾當點心；三不五時，還牽去塗泥漿、泡水塘。真的要永別時，老老小小哭紅了眼，圍著牛送終、抬著牛出殯，就只差沒做七、沒帶孝、沒有立牌供奉而已……您說過：從十八代祖宗起，您家就不吃牛肉。牛是家人，農家的大恩人，怎可以沒天沒良？

那隻小牛犢仔還沒斷奶，牠的阿母就要被拖走了。牠呢？跟著阿母去？或是留下來？跟了去，會不會也被殺被吃，進了日本兵的腸肚？留下來，還不太會吃草的牠，能活嗎？就算活得下來，再大一些，肉長多了，會不會又被拖走，像牠阿母一樣？

村裡、山裡的牛，都快被徵召光了，我們要怎樣犁田翻土？我們要怎樣拉車運貨？

喔！伯公現在不愁這個，他只是專心在餵牛。青嫩的牧草，一把又一把，遞到母牛的嘴。牠也吃得多專心呀！銅鈴大的牛眼，密濃的褐色睫毛，全是溫和與信任。牠多乖順溫馴呀！好似天塌了也不怕，總會有老主人去頂著。

但，這一回，老主人還頂得住嗎？

青草餵完了，天也全亮了。

阿順姆婆捧著紅豔豔的綵帶，交給了伯公。太陽穿透密密匝匝的竹葉，反射出刺眼的血紅。

被徵召的牛，跟出征的臺灣兵一樣，都是將生命獻給天皇、用鮮血灌溉大和魂，所以，官方規定牠們要披紅掛綵；牽進市街時，人們還要搖著「日の丸」，夾道歡呼、列隊恭送。

老伯公細心細意，把綵帶繞過寬厚的牛肚，綁好、繫住了，一朵血紅大綵花，就端端正正開在牛背上。他拍拍牛脖子，像在誇讚孩子的乖巧。他雙手捧住牛頭，爬滿皺紋的臉頰，竟然偎了過去，牛鼻子呼喘出來的空氣，吹掀他的白鬍鬚，一陣陣，像雪浪。

湊著牛耳朵，老伯公說了好一會兒的話。

說甚麼？沒人聽得見，或許是安撫、或許是致謝、也可能是訣別吧！

大母牛靜止著，停了嚼嘴、停了磨蹭，龐大又乖馴的身軀，似乎努力在傾聽著、理解著，連尾巴都停止甩動。

小牛犢依舊彎下脖子吸奶，溫熱豐沛的乳汁，噗滋！噗滋！冒，牠咕嚕！咕嚕！一口一口吞。吞不及的，還溢出嘴角，白了兩片翹嘟嘟的厚嘴唇。亮汪汪的牛眼睛瞇了下來，吸著、吮著！半睜半閉，睫毛微微抖，尾巴噗叭！噗叭！左搖又右甩，是小小囝仔被阿母溺著、寵著的那種愛嬌、那種歡喜……

淚水再也擋不住了，滑得櫻子滿腮滿臉。

人與牛的話別，是那麼寧靜、那麼肅穆。

喜慶日子才敲的銅鑼，卻從遠遠的山嶺，一路響過來、近過來。

「匡嗆！匡啷！」「匡嗆！匡啷！……」

五、六個人——庄役場的公務員，全改了日本名的臺灣人。他們要執行的，是連自己都痛恨的工作。

痛恨，又有甚麼辦法？有辦法，就不必這麼卑微、這麼無天良！他們不敢正眼看老保正、不敢看阿桐、更不敢看即將變成孤兒的小水牛。

近幾個月來，他們奉命帶走一隻隻耕牛，砸碎了一家家生計、撕裂了一顆顆心肝。每一場生離死別，不管是默默相送、呼天搶地、或憤怒攔阻，他們都只能概括承受。只因落地生根在梅仔坑，手中捧的，雖然是公家的飯碗；嘴裡吃的，卻都是牛與人耕作的心血。農家的悲與痛，只要還存著點良心，怎會沒感覺？

帶頭的人，原來的臺灣名字叫阿隆，四十來歲，也是在老伯公眼皮下長大的。他一聲喝令，四五個跑腿的公務員，全部立正，對著老伯公、老姆婆深深鞠了躬。九十度的大彎腰，全然的日本禮敬。那是羞慚的道歉，也是根深柢固的生存習慣。

阿順姆婆轉過身、別過臉，用無感及無禮來反擊。在這節骨眼上，身為女人的最大好處，就是不必虛情假意。

但是，老伯公也沒虛情假意，他大度大量，點頭回禮了。當保正當那麼多年，替日本人當差的痛苦及無奈，他吞忍得多了，怎麼忍心責怪這群小輩？

把牛繩交到阿隆手裡，老伯公無言。

牛阿母也無言，卻死也不肯跟陌生人走。

牠一被拉，牛頭就屈彎下來，脖子伸得長長的，像彈簧被扯到極限；四隻腳蹄蹬住地，死命撐著，用頑強的拔河，進行最徹底的抗拒。

小牛犢傻頭傻腦的，搞不懂發生甚麼事？阿母的奶頭含不住嘴，滑掉了，吸不到奶汁，牠有些怔忡，東張西望，焦急著：「哞！——哞！——」一聲聲稚嫩的抗議，驅趕不走降在母子倆身上的厄運。

人與牛的拔河僵持著，那是永不妥協的爭鬥。牠像黑色的巨岩。沒人拉得動龐大又固執的母親。

為了使命必達，阿隆第二度向這一家人彎腰道歉，那是先禮後兵的宣告。

緊接著，官方的粗暴與蠻幹就上場了：小牛還沒貫上鼻環，兩個人拽著牠的一雙耳朵拼命拉；另兩個人再頂著、推著牛屁股，小牛犢就被迫推向前了。

小牛一起步，那隻生身阿母，即便是要上刀山、下油鍋，也會緊緊跟著去的。

這一演變，太突兀、也太可惡了。

不想讓小牛犢也變成日本兵的嘴上肉，伯公的大兒子走了出來，一臉的悲憤、也一臉的承擔。他一把搶過牛繩，按住脾氣，沒揮拳揍阿隆，只一步步導引著母牛走出牛寮；也示意阿桐去安撫小牛犢。

慢慢的，劍拔弩張的情勢鬆解了，黑色的岩石移動了。大母牛被熟悉的主人牽著、領著，不再頑強抵抗。四隻牛蹄動了，一腳一腳踏向前。

是為了要保護親生孩兒？或只是聽從主人指揮慣了？牠緩緩踏出去，一步又一步，走向既定的命運——臺灣牛的命運。

牠沒回頭，也回不了頭。

所有的人，包括櫻子在內，卻都清清楚楚看見，看見那一雙溫和又充滿信任的大眼睛，冒出、湧出清澈的淚泉，沿著粗硬的牛毛，一顆顆滑下來，滴落在主人家的泥土下。

阿順伯公在背後大喊：「阿隆！拜託一下，去到現場時，貫在牛鼻的鐵環，一定要替伊鉸開喔！」

「千萬要替伊鉸開喔！……」聲音暗啞下來，重複著，最後，只嘟嚷在雪白的鬍鬚裡。

太陽高高升起了，烈得像刀子，扎刺所有的人。小阿桐沒哭，一滴淚也沒掉！他真的做到了。

但是，他一點也不覺得自己是男子漢。

扛

那天晚上，櫻子沒去「國語講習所」上課。第二天下午，她也不去練習演講。

這可急死三個大男人了。

宮城先生急得全忘了尊貴，馬靴踏響焦躁，一圈又一圈，繞著教室兜兜轉——不管她是深山的奇葩也罷、燦爛成花海的緋寒櫻也罷，都不能遭受風吹雨打！更何況，還剩不到幾個月，她就要披掛上陣了，那是決戰大臺灣的最後一役呀！

邱信的擔心絕不比宮城先生少。但是，男女授受不親的年代，可要藏得非常隱密才行。他懷疑：是不是緊鑼密鼓的練習與比賽，讓小農女倦怠了？要不，就是自己一連串的情不自禁，得罪大閨女了？或者，是那個笨阿招又去招她？壞媒人婆再去惹她？氣得她肝火衝天，不出門了？

十個、百個是與不是，在邱信心底死纏爛打，逼得他臉紅一陣、青一回。

老伯公嘴裡不說，心底卻是百感交集。他知道真相，也惶恐得徹底！昨天清早，人與牛的生離死別太慘痛了，小小的「死查某鬼」，一定是在替他全家抱不平！

可是，用這方法怎麼行！不練習、不比賽，日本人怎會放過她？自從她一戰成名，「臺灣教育會」、甚至總督府的官員，早已經瞪大眼睛、張大嘴坑，巴巴守候著。只要皇民教育的奇葩再創奇蹟，那擬好的政策，做好的宣傳，就立刻會在全臺灣、全日本大鳴大放。眼前這個宮城先生，雖算不得甚麼好人、也稱不上是壞人，但卻是個死腦筋的日本人。天皇至上、祖國第一，死腦筋的日本人還有甚麼事幹不出來？

各擔不同的心，卻下了同樣的決定──老、中、青一起走汗路去櫻子家，探個究竟。

一進門，才知道：櫻子病了！病得可不輕！

是重男輕女的習慣？或是困於生計的父母，真的相信堅強的櫻子不會出大問題？總之，她被丟在家裡，身旁是一群不懂得照顧，只懂得嬉鬧的小小弟妹。

伯公是老長輩，唯獨他可以進入少女的閨房。櫻子半躺半靠，兩頰火燒火赤，嘴唇乾裂到滲血，兩個大眼睛已經霧濛濛，高燒到快不省人事了。

「會不會是染到『麻拉里亞』？」老伯公腦門一轟！轟得兩個膝蓋發軟。

日本人對臺灣的貢獻之一，就是把好幾項猖狂的傳染病控制下來。但是，南洋列島的叢林戰一開打，良藥奎寧便耗盡了，瘧疾又在臺灣捲土重來㉙。

缺藥比缺錢、缺糧還可怕，一下子就會要掉人命！

老伯公衝出房間，心狂火熱，卻裝作無要無緊。他要替「死查某囝」保密，得了那種熱起來要澆冰水、冷起來要蓋三層厚棉被的怪病，就像惹到凶神惡煞，即使留得住小身命，也會嫁不到好婆家，她才十八歲呀！

「櫻子拼生拼死，累過頭，感染到風邪，頭殼發燒，身軀無爽快。無啥要緊，只要送落山去看醫生就好了！」老伯公說明著，聲量、表情都有些誇大。他要說服在場的每個人，也企圖打壓自己的疑慮。

他命令邱信奔往他家，把倉庫內公用的「藤椅擔架」搬出來。一路上，只要是年輕力壯的男人，先遇到誰，就抓誰來幫忙，誰敢推三阻四，他就拿刀去砍誰。

一下子，邱信就回來了。與他一起扛來藤椅擔架的，竟然是——阿招。

㉙ 日治末期，臺灣瘧疾猖獗，延至終戰後初期，當時總人口數為六百萬人，其中約有五分之一的人口感染瘧疾。

只因衝出櫻子的家不遠，當頭遇上的，正是他最不想合作的人。邱信眉頭一蹙，心絃一緊：「哀！怎會是伊？」

但是，管不了那麼多了，救櫻子要緊。深山人少，會不會再遇到人？而且是扛得動擔架的人？連老天爺都沒把握。

阿招的出現，怎麼會是偶然？

他老早就守候在汗路上，只因當山老鼠當慣了，很會閃躲人而已。櫻子沒去上課、沒去練習演講，他比誰都早知道，焦躁的程度，也絕不輸給檯面上那三個人。他適時現身，接收了邱信老師的指令，雖然，老師的眼神很狐疑、很不友善！

兩支長竹竿，穿過藤椅兩側的扶手，用繩子牢牢綑住，就是兩人抬的「藤椅擔架」——那是穿梭山林、奔馳汗路的救難利器。病人被扶上藤椅，靠緊椅背坐好，再用揹嬰孩用的布揹巾，連人帶椅背繞幾圈，綑著固定好之後，安全度、舒適度就不輸給轎子，甚至，勝過醫院抬病人的擔架了。

櫻子被老伯公護著、兩個男人扛著，下山就醫去。

宮城先生也冷靜下來，走在前頭，遠遠領軍著。一路上，他管住自己，儘量不回頭、也不露出焦慮。日本「巡學」的顏面很重要，絕不能丟在臺灣老百姓面前！

扛這種擔架，阿招是老手，那是他謀生的零工之一。此時此刻，他的熟練，正好對比出邱信的生疏。擔架一上肩，兩人邁出去的腳步沒協調好，擔架左凸右歪，拉拉扯扯，變成搞不定的怪物。抬在後頭的邱信，步履踉蹌，狼狽到要打跌了。

「邱信先生！我喊口令、你看著我的腳，咱兩人一定要同腳同步，才勿會扯扯勒勒，扛不向前！」抬在前頭的阿招，誠懇又急切。

「好！你喊，我一定對著你的腳步。」救心愛的人要緊，師生尊卑早就丟往一邊去！

「正腳、左腳」，「正腳、左腳」，「正腳、左腳」……

阿招拉高喉嚨喊，邱信低頭乖乖跟，慢慢地，兩個人走出規律的節奏。規律的節奏又譜成和諧的韻律，連一旁護送的伯公，也跟著「正腳、左腳」、「正腳、左腳」來。

扛在肩膀的重量，是今生今世最想承受的負擔，兩個大男人都這麼認為。尤其是阿招，他真的是費盡苦心——下坡時，隨著坡度下降，他手臂慢慢往上抬，戰戰兢兢舉高擔架，維持藤椅的平衡。爬陡坡時，他曲彎下膝蓋，從半蹲到全蹲，踢著下半肢走路，像極了戲臺上的三寸丁武大郎。但是，管它的！只要櫻子能夠不搖、不晃、不前傾、沒後仰就好了。千萬要顧著、護著呀！她可是他今生今世、心心念念的女皇。

坐在藤椅上的櫻子，可一點也不像女皇，倒像被疾病綁架的女囚。半昏半迷中，她偶而會醒過來，伸出火燙的手心，要老伯公握著。只要黑硬的大手掌一握，就有源源的清涼灌進來，高燒就不那麼折磨、那麼痛苦了！

但是，顛頓的汗路，還是帶來顛頓的暈眩。暈眩的世界裡，原本清清楚楚的界線寬鬆了、漶漫了。午後的山林野地，籠罩著蒸騰的嵐霧，櫻子全身包裹著痠痛，苦苦撐著、挺著。她知道有好幾顆心臟都在為她疼著、揪著。

就在正前方，抬著她擔架的，是一具乾瘦的身軀。身軀裡，一條扭動的脊椎，動呀扭的！扭進櫻子半睠半睜的眼縫底。那是被窮困苦苦逼壓著的脊椎！一骨節連接著一骨節，凹凹凸凸、嶙嶙峋峋。汗水！像狂奔的洪水，從脊椎頂的頭顱，頭顱上的亂髮，一路滔滔沖下來，沿著黑瘦的脖子，淹了破爛的衣衫。破衫一被灌泡，溼得淋淋漓漓，就顯得更薄、更透明、更襤褸，一整片黏貼在沒幾兩肉的背部。布面上，大大小小的洞眼，像大大小小的嘴巴，張合著、喘氣著，大聲小聲搶著要說話，偏偏又說不出任何一句話！

任勞任怨的脊椎，帶動任勞任怨的身軀，扭動著、向前行著，雖然布貼皮，皮包骨，卻是有力又有氣，昂昂堅持著。

乾澀的眼睛，流不出一滴淚水來，但是，櫻子發誓，以後再也不瞪他白眼，不罵他死阿招、笨阿招了。

然而，清醒只是片刻，高燒如烈火，一陣陣、一回回吞噬全身，櫻子像赤紅的火炭，畢畢剝剝在爆裂，擋不住的囈語，從喉嚨一串串傾倒出來：一會兒，她在比賽演講，鞭策著駿馬，在沙場衝鋒陷陣，高亢又淒厲的喉嚨，聲聲高喊：「天皇萬歲！」一會兒，她在望風亭的雲霧裡歌舞，嬌嬌憨憨唱著：「孤夜無伴守燈下，清風對面吹。」但，剎那間，她又聲聲低訴，哼起「無人看顧、每日怨嗟，花謝落土不再回」的哀音……

唱著、哼著、幽幽傾訴著！她兩手舞動起來，抓扒虛無的空氣，跌入狂亂的幻象中，哀求、哭嚎、尖叫都一起來了：

「牛！伯公的牛，勿要牽去刣呀！」

「牛母一牽走！小牛犢會活活餓死啊！」

「阿母，柴刀！抽藤的柴刀，趕緊藏起來！勿要繳出去！」

「柴刀是我的，我的！我用得那麼久、那麼順手，千萬勿要繳出去呀！」

「蛇！大隻蛇！」

「人呀！走！趕緊走！逃命喔！」「伯公、帝爺公，來救伊、救伊呀！」……

含哭帶淚的呼號，每一句、每一聲，都是淩遲，都是十八歲擔不起的沉重。

邱信驚恐自責到極點，櫻子在高燒的煉獄裡煎熬，他卻不能分擔一丁點；更何況，日本話是他教的、演講的勞累是他加的，他覺得自己是無用的軟腳蝦、可惡的幫凶……萬一！啊！一想到萬一，他的心就裂了、碎了，兩隻腳又踏錯了，步伐全亂了。

發號施令的阿招，立刻喊出嚴厲的糾正：「正腳、左腳」，「正腳、左腳」……

四個大男人，正腳、左腳都飛快，但此時此刻，只有用飛的，才夠快！

三四個小時的趕路，持續的高燒，逼出了少女深藏的心事，一件件、一樁樁，崎嶇又曲折，攤晾在汗路上。

宮城先生張開全身的細胞，向後方抄截音波。櫻子的囈語，像午後斷續又飄忽的山風。臺灣話他完全聽不懂，兩片耳膜便自動篩檢，過濾到最後，只接納了字正腔圓的日本話。啊！那是他擬好的演講稿、激昂的愛國口號。他眼眶慢慢紅了！深山中的櫻子，高燒襲捲了全身，竟然還在為天皇效忠，多可敬的臺灣女性呀！

聽到櫻子一遍遍大聲喊「勿要牽牛走！勿要牽牛走！」阿順伯公心臟一陣揪緊，要掐出鮮血來了！死查某鬼呀！沒白疼妳。但那不關妳的事，不要替我操煩，妳莫要真正染著「麻拉里亞」！那種怪病，會瘦得像癆病鬼，連拿利刀子劃開薄薄的皮肉，都流不出紅血來。

阿招喊著口令，指揮擔架前進，抬出了今生今世第一道尊嚴。不只這樣，他聽懂了大家都聽不懂的事——那把柴刀繳出去的事。

前些時日，在梅仔坑的庄役場，「全民捐獻金屬運動」的活動現場。鐵罐、鐵桶、鐵板、鍋爐算是高級品，早在前幾回，就被迫捐光光。現在能樂捐的，只剩下破爛的鍋蓋、落齒的鐵耙、斷了好幾截的鏽鐮刀……

阿招卻看到櫻子的阿母，捐出了一把明晃晃、亮閃閃的柴刀。

那刀，引起浪潮般的驚呼。驚呼聲中，夾雜著低聲的咒罵、長長的歎息。

庄役場的「三腳仔」，高高舉著刀，迎著太陽光，瞇著眼睛左瞧瞧，再偏著腦袋瓜右看看，一臉的小人得志——也難怪他得意，那是他費九牛二虎外加兩頭象的力氣，才搜到、查到，又強逼櫻子家「自動」捐出來的好東西。

那刀，當然是把好刀，阿招太眼熟了，怎麼會認不出來？

每次，他躲在樹林、草叢，強忍住噴嚏與咳嗽，遙遠又溫柔的偷望著，望著他心中永恆的女皇。女皇雖然生在尋常百姓家，但絕不減損任何尊貴；女皇雖然一身粗布衣衫，但朵朵春花就綻放在身上；女皇幹的雖是粗活，但是，無論挑著兩籮筐的竹筍也好、擔著兩大綑的黃藤也好，那身影永遠窈窕、永遠嬌俏；女皇細軟的腰身，綁著粗硬的刀架，刀架上，寒光閃閃，永遠是那把用來養弟養妹、保身又保命的好柴刀。

那一天，好柴刀——不得不捐獻出去了。

櫻子陪著阿母走到梅仔坑街上，卻死也不進庄役場。一路上，她的手指撫著刀柄，硬木頭做的，沁入她多年的血汗，浸潤得像黑金、似琉璃，卻比黑金、琉璃都還珍惜。

沒等阿母出來，她一個人回頭就走，走向汗路，走回深山。

往後，赤手空拳入山幹活嗎？黃藤再多，用牙齒就能咬掉尖刺嗎？用十指就能削去粗皮嗎？萬一，萬一臭鼠貍、龜殼花竄出來，拿甚麼去拼命？弟妹一個比一個小，配給的米糧一回比一回少，還要天天去誦讀演講稿、喊萬歲！萬歲聲，天皇聽得到嗎？聽了會快樂嗎？小小農家哪有快樂？只憂愁有沒有下一頓？活不活得過明天？

望風亭到了。失去柴刀的小農女，在亭子裡，狠狠又哀哀地痛哭一場。

暗暗跟隨在後頭的阿招也哭了，女皇的哭泣，對他是千刀萬剮的淩遲。那刀，那把好柴刀，捐出去、追不回了。但是，只要有一點點可能，他要、絕對要，要為女皇再找到一把好刀。好刀、一把上好的刀，要悄悄的呈上去，讓女皇不哭不痛，可以繼續砍柴砍藤、養弟活妹！

「正腳、左腳」，「正腳、左腳」……

正腳踩出願景、左腳踏出希望，阿招的肚子不感餓、喉嚨不覺渴，口令越喊越大聲了。

護

正牌的醫生早就被調往前線，偌大的梅仔坑，只剩下密醫及日本人不怎麼信任的漢醫。

一連串亂七八糟的看診之後，櫻子被宣佈得的是：急性肺炎。

阿順伯公不知道要笑或要哭？——不是瘧疾，免去長期的折磨，絕對值得偷笑；但惹上肺炎，卻是危在旦夕，他的心肝寶貝隨時會變成真的「死查某鬼」呀！

怎麼辦？所有的人你看我、我看你，再一起空茫茫看向阿順伯公。

櫻子的守護神發號施令了：他請求宮城先生回官舍休息、指派阿招連夜趕路去通知櫻子父母、而他及邱信就當起了臨時看護。至於，當晚的日文課要不要上？管它的，教課有比救人重要嗎？誰敢多嘴，他的煙桿子就去敲誰的腦袋。

夜已深，櫻子還在跟高燒奮戰。老伯公再怎麼硬撐，也擋不過年歲及疲累，歪坐在抬櫻子來的藤椅，瞇下兩片鉛塊重的眼皮，長噓連短呼，咕嚕咕嚕！打起雷鼾了。

煤油燈，跳閃的焰火，只像蠶豆粒那麼點大，歪歪斜斜，硬撐著唯一的光亮。

邱信守著櫻子、守著漫漫長夜。

櫻子一呼一喘，短淺又急促，拼全力在跟死神搶空氣。偶而睜開的眼睛，空茫又渙散。邱信不敢眨一下眼皮、不敢喘一口大氣，不斷更換墊在櫻子脖子下用來降溫的冷毛巾；不停擦拭著她額頭、鼻尖冒出來霧細的汗珠。他的手很輕、很柔、很含蓄，輕微微顫抖著。

啊！第一次可以靠這麼近，卻是一起搏鬥死神、拼戰噩運。他呼喚她，一聲聲，一遍遍，在深沉的心海；他祈求宇宙眾神、過往神靈：如果有未來……呀！有她，才有未來！

眾神靈也跟阿順伯公一樣在沉睡吧？高燒還是炙烤櫻子全身，她喊不出渴，爬不起身，她煎熬著，一點一滴耗蝕著。邱信的肩膀不夠寬、胸膛也不厚，但是，他努力撐住一個安穩、一個倚靠，一小口接一小口，餵給櫻子的，不只是清水一杯子，也是真心一輩子。

他不是好看護，打翻這、弄錯那，粗手又笨腳，但他知道、他也相信，虛軟昏沉的她，不會不知道他的心焦、他的痛惜！

萌與爭

昔日的梅仔坑，六點鐘不到，人聲、叫賣聲、幹架聲就可以吵翻天、鬧翻地。但「非常時」已化成一隻隻白骨森森的魔掌，陰風慘慘，伸向人們的頭蓋骨。

原本簡簡單單的生活，全反了常、走了味。庄腳人鬥不贏生理時鐘，照樣早睡早起，但是，早起早饑餓，又不免恨透自己。既然搶不到好眠、得不到好食，只好拉垮著一張臉，嘴巴抿成鎖鏈，駝著腰，揹著兩隻手棍，上街踱步去；頭顱一顆顆，不管是全黑的、花白的、霜雪的，都垂得低低的；一股濁臭的腐氣，像死蛇、爛蛤蟆，盤存在肚腔底，憋得滾滾騰騰，既拉不出去，又吐不出來。

街坊鄰居一照面，「唉！——」的長歎，就打從心、肝、脾、肺暴衝出來，變成最直截了當的開場白。開場白之後的寒暄，卻是傻了眼的互瞪、千言萬語的靜默。

天色——從原始的蒙昧，緩緩轉為螃蟹殼的青蒼，再幽幽映成橘子黃的澄亮。不一會兒，雜色褪盡，各種該有的顏料都足了，也深了，像刀剖西瓜開，綠的綠、白的白、一大片水滴滴的紅髓……

黑夜一步步被逼退，退到天涯海角，走投無路了！

阿爸阿母趕下山時，櫻子最險峻的高燒也退得差不多了。

三天後，一切恢復正常，激昂慷慨的國語演講、單調重複的皇民教育，又循環在龍眼林村的講習所了。

但是，正常之下，一切再也不正常了。

櫻子喊起立、敬禮、坐下時，一不小心，就會夾出一絲抖音，窘出一臉的嬌紅。鈍腦的人，說那是大病之後的虛弱；利嘴的，猜那是女孩兒家在發春。而邱信老師教書更賣力了，該休息時常忘了下課；該放學了，卻還杵在講臺上江河滔滔。

午後的演講練習，效果沒打太多的折扣。但宮城先生心底卻一直犯嘀咕，偏又說不出是哪裡不對勁。他強烈覺得周圍的人都怪怪的，連表面樂天、實際謹慎的老保正，也迷糊起來，斷了好幾根筋。原本紮紮實實的計劃，只差最後一關，就可贏得全臺灣、全日本的萬歲聲了，可現在怎一個個都喝醉老酒似的，浮起來飄、飄起來盪？

嗯！或許、或許那是奇葩怒放的預兆——他只能如此猜想、如此按壓緊張。

小小情侶，要躲開一雙雙刺探的眼睛，壓力真的很大。可是，壓力會轉換成動力，啟動千絲萬縷的情意，哪怕是一個眼神的交換、一張小紙條的傳遞，都像著了魔的狂喜。戰火再怎麼逼近，生活再怎麼困窘，梅仔坑還是草香花香一片，薰得兩人滿心芬芳，那是酣暢的初戀，溫暖的四月尾。

五月了，龍眼林村的初夏與初戀也火燒火燎，遏不住、擋不了。

風吹，草怎能不動？教室裡、汗路上，緋聞流言開始冒出土、匯成渠、流成大河……

——師生戀！怎麼可能？

「天、地、君、親、師」！那可是千百年來，小老百姓們唸在嘴裡、供在廳堂，冒犯不得、挑戰不得的五個神聖呀！

好在的是：天太高、地太厚了，平時並不怎麼愛管人。君嘛！要不是太惡霸、就是太遙遠，最好別理他。親呢？又太黏貼了，不是被血緣掐住脖子、就是被家產捆住手腳，不能違背也不好對抗。就這樣，五個字當中，「師」最特別，既可敬可畏，也可愛可親；偶而違逆一下，也不至於太傷筋斷骨。在一套套嚴密的人倫中，帶著些微的鬆動、可高可低的想像。

梅仔坑山區，從前沒有學堂，人們目不識丁，本來就沒啥大不了；何況，讀書識了「丁」，對挑重擔、走汗路也沒啥大幫助。後來，有人立私塾、傳漢學，但還是徹底拒絕女學生——女人家下田、做飯、生小孩就很忙了；偶而讓歌仔戲、布袋戲教一點忠孝節義，也就夠了，哪需要出門上學去？女人一出門，難保不招蜂、不引蝶；萬一書讀得頂呱呱，又會把男人比下去，那怎麼划得來？

但是，日本人來了，再怎麼划不來，也要划下去了。他們連男女都可以共浴，當然也強迫男女同教了。

女學生來了！男女問題也像摸壁鬼跟了來，狠狠地挖起千年禮教的牆角。

年紀小的，膽子不見得小，一雙眼睛早已山山水水，繞著意中人骨碌骨碌轉；稍微大一點的，發育中的血肉，脹滿了七情六慾，荷爾蒙被異性逗弄得那麼旺盛，綺念幻想激盪得心臟亂突亂跳、眼睛閃耀耀。

問題像雪球越滾越大了，尤其在不限年齡的教室裡、下了夜課後的汗路上。梁山伯與祝英臺不只筆硯相親、同窗共讀，也偷偷摸摸在草橋結盟、十八相送了。而且，現代版的祝英臺不必女扮男裝，原汁原味的溫柔與潑辣，更招惹得梁山伯如癡如狂。

男女大防，像一片片躺平的桑葉，被餓慌了的蠶兒啃吃著。一隻又一隻，蠕動的口器，沙！沙！沙！一口接一口，一片又一片，沙！沙！沙！不休不止，又饑又餓。世界在大戰，到處也都在殺！殺！殺！吃！吃！吃！殺！殺！殺！……

生一次、活一回，要長大、要蛻皮！十萬火急呀！

演變成這樣，任誰都料想不到。誰叫山耕野種，是那麼艱苦磨人！日復一日，是那麼平板無趣！而狼煙四起的殘酷裡，就努力去談一場場偷來的戀愛吧！偷來的男女情愛，絕對比父母下令、媒婆安排、再跟陌生人上床去的，美好得太多、刺激得太多了。

男女學生談戀愛已是野火燎原，難撲難滅了，沒想到男老師、女學生也來湊一腳。發現的人，千不該萬不該，竟然是——媒婆阿旺嬸。

自比月下老人的她，手握梅仔坑年輕人的紅線，「龍配龍、鳳交鳳，駝背娶懵懂！」是她自誇的職業道德，由她牽進洞房的，才算是正經夫妻。當然，她最大的扯爛污，就是拼湊櫻子與阿招。毒計破敗後，她丟盡了臉、少拿了錢、還折損了專業權威。她鋼鐵心、刀子口，一輩子不低頭、不認錯，怎嚥得下這口窩囊氣？

但最近，她的生意卻好到不得了。搶著要上花轎、進洞房的小輩突然暴增了，而且，完全不用她左拉右牽、說破嘴皮跑斷腿。有時，新娘的爹娘公婆，還會打躬作揖、藏頭藏尾遞出一疊鈔票。阿旺嬸一向非常客氣，會翹起手掌推擋一下——不過，也就那麼一下而已，就一把抓過來，塞進了深口袋，動作之快、狠、準，好比迅雷；胖短的手指頭，也順便掂捏一下紙鈔的厚薄。份量不怎麼滿意的，她兩條八千里路的黑眉毛就糾纏起來：

「戰爭嘛！就是非常時，不管是吃的、穿的、用的，物資總是千樣欠、萬項缺。有夠大領的紅衫、有夠寬闊的喜裙，恐怕是不好找呦！何況，新娘的腹肚皮，早就膨起來現世……呀！失禮、失禮，是向人報喜啦！就算新娘衫掩得住小山肚，也蓋不掉一雙雙孔明目、掩不密一隻隻烏鴉嘴呀！我是有信用的人，絕對勿會去四界亂亂講，但是，別人的嘴生在別人的鼻坑下，我哪有法度去管！何況——紙總是包不住火的。」

她的眼睛賊光賊光，歪鼻又咧嘴，「拿人的手短、吃人的嘴軟」的起碼道義，對她而言，全是狗放的臭屁。

遇上這緊要關頭，天大、地大、也都沒媒人婆大。小倆口「野合」的惡名、兩家族玷污的門風，都只能靠她稍微漂白一下，誰敢拿她怎麼樣？

阿旺媒婆生意大旺的第二個原因，也是拜戰爭所賜。

烽火煮沸了太平洋，老一輩對戰爭的所有記憶也跟著滾燙起來——這庄槓上那村、這山對上那嶺、這部落砍了那族群、唐山人拐騙原島民、遲來的漳州人械鬥早到的泉州漢、太陽旗殲滅了黃虎旗、霧社大屠殺……不管臉上有刺青的、後腦勺留長辮子的，一個一個倒了，一家一家的希望斷了，神龕前一縷縷的香煙絕了。

恐懼，圍剿著脆弱的人身。頭白嘴鬚長的，深怕炮彈一掉落屋頂，或兒孫一套上軍服，就斷了祖、滅了姓，連自己上山頭時，也沒人披麻帶孝了；而衛道仕紳們，平日死板板的腦筋，被情勢一逼，也活絡起來，賊兮兮地，拋出婚姻的韁繩，企圖套牢一隻隻噴響鼻、踢腳蹄、蓄勢要狂奔的馬駒。

就讓小姑娘趕緊嫁漢、讓野小子火速娶妻吧！

戰火就要燒到臺灣島了！翻天覆地之前，實際一點比較好——娶妻娶妻！衣衫破了還有人補、蕃薯湯也有人煮；嫁漢嫁漢！穿衣吃飯，沒有白米飯，想哭也有個伴！

就這樣，暗地裡要遮掩的、走明路急就章的，都需要「媒妁之言」來幫襯，梅仔坑的職業媒婆少得可憐，阿旺嬸可就火紅了，也賺翻了。但是，賺到厚厚的鈔票，未必買得到被控管的物資；生意再怎麼興旺，也贏不回失去的顏面。阿招招不進櫻子家的窩囊氣，憋得她常常夜裡失眠、白天也渾身不痛快。

那一天，她走汗路、涉清水溪、繞寒水潭，走出一身臭汗，也繞得無意無趣。因為「說媒」這檔事呀！往往要南征北討、東拉西撮，把醜嫫母形容成美西施、把武大郎整形成賽潘安。少掉了口舌的撥弄，就減低了挑戰的刺激；沒了挑戰的刺激，就缺乏大功告成的快感。那種縱橫人世間、擺佈年輕人的快感，真的像吸鴉片煙，一頭栽了進去，就一輩子出不來。但是，眼下一樁樁大肚皮的爛親事，生米早已煮成了熟飯，再求爹告娘的拉她出來善後，簡直侮辱她的專業與專長，她哪裡會開心？

更何況，她雖然不懂甚麼「夕陽無限好，只是近黃昏」或「迴光返照」等文謅謅的大道理，但是，最近生意的大好，還是引發她的沮喪。她害怕不久的將來，自由戀愛會攻陷她的職場，把獨佔千年的媒婆行業，一步步逼進死胡同。

日頭才過中午，大尖山、二尖山的尖叉，已叉不住烏雲，半個天棚都被攻佔了。大氣悶熱又潮溼，脆響的焦雷，白閃閃、轟隆隆，一道道劈下來，忽遠又忽近。

「死了！這一場大雨，一定不是用落的，是用噴的、倒的。」阿旺嬸才一動念，海龍王真的就狂噴大水柱、亂倒汪洋海了。

奔呀！她一手搗頭頂，一手捋裙尾，竄逃在瘋顛的水世界。

啪啦！一鞋踩下去，泥漿凹塌、濺散開，黃水噗滋！湧上來、淹起來，腳背涼呀涼！換另一隻鞋，踩！啪啦！泥漿再凹陷，黃水又噗滋！……一腳一大印、一印一大腳，步步飛奔。大花鞋是她說媒的必備品，討好采頭用的。穿舊了，破到漏底，灌進了泥水，咕唧！咕唧！伴奏著雨中的奔竄。

「唉！沒法度囉！下一次出勤，只好換穿草鞋了！」

但沒關係！鞋壞腳不壞。媒婆的利器就是腳與嘴，滑溜溜的大腳能走，油咧咧的嘴巴就能說，說出一樁樁好生意、好買賣。只要盯緊一些，把小輩們拴牢又顧好，不准他們造反，未來應該還有希望，怕甚麼怕？

踩著一雙好腳，大雨中健壯的大腳，噗滋！噗滋！啪啦！啪啦！奔起來多有勁道！大雨澆灌著大地、沖刷了晦氣，她暫時忘記職場萎縮、專業變質的危機，甚至一心一意感激起日本人來。

當年，太陽旗一插上臺灣島，官方就下達嚴厲的命令：不准小女孩再裹小腳；凡是纏過、裹過的，也全部要放大。

綁了一輩子的小腳，放了也不會長大。老太婆哭哭啼啼，因為脫了裹腳布，就不會走路。但歪七倒八走久了，慢慢也扶得正、走得穩了。於是，綑綁中國女人的千年陋習，竟徹底被日本人斬除了。現在，大腳小腳、老腳嫩腳、一隻隻、一雙雙全都是自然腳、半文明腳，幹起農活來多俐落，跑起汗路來多自在！

阿旺嬸一雙自然、自在的大腳丫，被強風推著、暴雨澆著，叭咑！叭咑！氣勢萬千的跑進望風亭了。

望風亭裡的兩對腳，卻馬上不自然、不自在了。

「咦！阿信呀！你兩人也在亭仔內喔！」阿旺嬸一身溼糊糊，一站定大腳丫，就急忙拍衫抖裙、甩頭搖身，像一隻剛泅水上岸，抖動渾身毛肉的大母狗。

不過，狗畢竟是狗，儘管從耳朵溼到尾巴，還是蠕動靈敏的鼻子，嗅出這對小情侶的慌張。

「是啦！天頂、突然、突然間就摔、摔、摔落大雨，雷、雷公閃電，我、我……趕緊走入來、入來望風亭、亭仔內……」畢竟是男人，慌張中，胡亂抓一些話來搪塞；但也畢竟是文人，小膽小量、巴巴頓頓的，臉紅得像關公。

阿旺嬸甚麼大風大浪沒經歷過？瞄一眼，就看出邱信在扯謊。她興頭上來了、心情好到不得了，不像落水狗，倒像狡猾的大貓，一逮住倒楣的小老鼠，就非好好逗一逗、耍一耍不可。

「喔！你兩位少年仔，真真正正是有緣哪！同時間、做一伙，入來這亭仔內，是真正閃避大雨嗎？」

媒人婆的眉毛一邊挑高、一邊壓低，忽高忽低，玩起了翹翹板；眼珠子一個瞪大、一個斜瞄，左滑右溜，像拋滾兩粒大黑豆；一嘴抑揚頓挫的嘲弄，既帶針又扎刺，刺得人耳膜陣陣抽疼。

「無啦！我、我先、先、走入來，櫻子小姐、伊、伊較慢來。落大雨，山、山頭嶺尾，真危險，亭、亭仔內較、較安全。」

邱信不懂自己為何要緊張？舌頭不輪轉就夠慘了，額頭還開始冒汗，珠珠滴滴沁出來，往鬢角直流！

「是喔？大雨一落，我身軀就被淋得溼糊糊。你兩人一定是早就約在亭子內，若不是，為啥連頭毛、衫褲、鞋子攏總是乾涸涸的！」

媒人婆笑瞇瞇，原來腫胖的包子臉，被戰爭餓縮成水煎包，麵皮還帶著勞累的焦黃。不過，眼光還是很尖銳，像兩把飛刀，繞著小情侶上下左右不停探刺；刻薄的嘴唇一張開，幾隻利箭就「咻！咻！咻！」射出來。

「喔！這……這……」

邱信中箭了，嗯嗯！哎哎！答不出任何話。他急火攻心，越是急，越吐不出任何辯解來。

但——何必要辯解？只不過是擔心小農女餓壞了，偷偷省下點東西帶給她；只不過練習演講前，約來亭邊的竹林裡說說話兒。所說的貼心話，也只是談談天氣好不好、問問農事累不累、聊聊家人雞毛蒜皮的無聊事而已！只要能單獨的、沒人看管、沒事打擾的見見她；也讓她好好的瞧瞧他、聽聽他，一切就夠了、滿足了。兩雙開滿花朵的眼睛，當然是會纏繞的，可是，再怎麼纏、怎麼繞，還是乖乖守著兩三步的距離，肩沒並、手沒牽，兩個心臟只會砰砰跳，跳出一模一樣的節奏。

「喔！對了！櫻子，妳有去講習所讀日本冊，『阿、伊、嗚、耶、喔』是邱信先生教的，對不對？聽說妳還是級長咧！」阿旺嬸夠狠，這支利箭，直接瞄準兩個狂跳的心臟。

人呀！理一直氣就壯，氣一壯就自我膨脹，膨脹成高、強、勇的無敵巨人。沒錯！眼前這兩個少年仔是大人了。但——是大人又怎樣？偷偷約會就是不行。千百年來，孤男寡女，不管在屋內、在荒郊，單獨相處就有嫌疑，就是在幹那檔羞死人的事。又臭又長的裹腳布可以丟掉，規規矩矩的婚嫁怎麼可以被解放掉？一解又一放，媒婆專利一輩子的行業，就要送到墓仔埔埋了。更何況，這次帶頭挑戰的，一個是害她丟臉的女孩，一個是「天、地、君、親、師」裡的老師。喔！炮彈還沒打來，妖魔鬼怪卻都現形了，她不當黑面鍾馗來捉妖怎麼行？

接著，黑面鍾馗又包青天上身，審問起案情了：「你們鬼鬼祟祟，在約會喔？不驚咱們庄內人講閒話？你兩人是『老、師、和、學、生』哩！」末五字，一字一箭，五箭連發，直射靶心。

又中箭了！五支毒箭射穿邱信的胸膛，鮮血狂噴。

櫻子，一直驚懼噤聲的小農女，立刻跳出來擋了。

新仇激爆了舊怨，櫻子牙根咬到嘎嘎響——從前，這個惡媒婆想賣掉她的一生；現在，這個丑婆子，還在她面前裝模作樣、耀武揚威？為甚麼？憑甚麼？就憑有一把年紀？就因為是職業媒婆？她與邱信，清清白白，對得起大地、對得起爹娘！這惡人到底想怎樣？能怎樣？

「噼哩！——喀喇！——」烏陰的天頂又劈下一記霹靂，昏沉的宇宙被切開了，白一下、亮一下，閃光映照櫻子的臉，紅通通，大眼睛裡有兩盞怒火在燒。千山萬壑起伏著，竹林樹林蓊蓊鬱鬱，狂風暴雨中，望風亭硬是撐起一切。

但是呀！她和邱信，真的是師生、真的在戀愛，下大雨前，也真的在約會！他呀！靦腆的大男人，偷藏了兩條蒸好的蕃薯，剝下薄薄的皮，紅著臉，遞了過來……不容易呀！在這滿山遍野已經捕不到野兔、抓不著老鼠、田裡種的東西自己又不能吃的「非常時」。

不能也不忍拒絕，那是兩塊粗食，一片心意哪！

回轉過身子，櫻子用羞澀的背，對著邱信的溫柔。一小口一小口，慢慢的咬、細細的嚼。粗食裡藏著細膩的疼惜。軟薄的薯皮，邱信沒丟沒棄，用小小的手巾包著。是的，就那條！那條她親手縫、親手贈的手巾。邱信兜著、摺疊著，細心翼翼包著，輕輕放進口袋。櫻子知道，等她沒看見時，他會拿出來，含著微笑、一片一片，甜甜地吃……

軟蜜香甜的蕃薯，在櫻子肚子裡，發散著溫熱的寬容。看著阿旺嬸焦黃的臉、一頭溼漉漉的灰髮，新仇舊恨的怒潮，竟慢慢靜息了。眼前呀！只是個青春已逝、奔波山野的苦命女人，何必與她計較？

憑著幾回演講比賽的經驗，小農女微微揚起嘴角，閃現淺淺的笑，不是展現高超演技，是要保護她在意的、剛萌芽的東西：

「阿旺嬸！我和邱信老師，真的是前後腳入來亭仔內避雨的。」沒錯呀！搶在大雨摔落地之前，她在前、邱信在後，鑽出竹林，用衝的衝進望風亭。

「若真正要約會，也不會選在汗路正中央的所在呀！」是呀！除非半夜三更，要不然，望風亭內隨時都有卸下擔子、搧斗笠風的莊稼人。小情侶再蠢再笨，也不會選在這種地方被指指點點！

「老大人淋到雨就容易感染風邪。阿旺嬸！您趕緊將頭面、頭鬃拭乾，免得流鼻水、打哈啾，就慘囉！」自從阿招入贅事件後，櫻子只用點頭之禮來敷衍媒婆。今天的熱絡，一半是勉強，一半是真誠。

邱信也回過神、幫腔了：「對！對！千萬勿要感冒。」

阿旺嬸一被警示，馬上就覺得頭重、眼昏、鼻子癢酥酥，要打噴嚏、流鼻水兼咳嗽來了。偏偏心一慌，手就鈍，左掏右掏，口袋裡就掏不出一塊乾布來。

邱信跟著她焦急：「唑！我有帶手巾，你老大人先拿去拭。」

哇！慘了！櫻子腦門一轟，全身打顫，來不及出口出手去阻止，那隻熱心過度的呆頭鵝，就從褲袋裡掏出來了。

沒錯，就那條！那一條手巾，抖開了，番薯皮紛紛落地，像呈堂的證據。

媒人婆眼尖手快，伸手一撈，搶住了：「好！好！手巾就借我拭面、拭頭鬃，多謝哦！」

掉落地的蕃薯皮，她瞥了一眼，鼻頭一歪、嘴角跟著一撇：「哎呦呦！夭壽骨！阿信！不是我老大人愛講話，已經是甚麼時機了？你竟然只吃蕃薯肉，不吃蕃薯皮！戰爭戰到咱梅仔坑的囝仔變瘦巴巴：『腹肚像水櫃、胸坎若樓梯、雙隻手稻稈尾、兩隻腳草蜢腿』囉！你蹧蹋吃食，會被雷公活活打死！」

咬牙切齒罵完了，她腦子又電光火石繞了幾圈：「咦！講起來也真奇怪！你不吃蕃薯皮，為啥包起來？飼豬嗎？連拖犁的牛都被日本人牽去割肉囉！全梅仔坑哪還有半隻豬？」

「我、我無浪費，我留著自己吃！」邱信實話實說，卻又露餡了。

「那——誰吃去了？哪會只存蕃薯皮？」阿旺嬸打蛇隨棍上，一雙追風眼，賊兮兮往櫻子瞄。

雨還是直直落，用倒的，一盆盆、一缸缸，獅子吼老虎嘯，崩天又裂地！媒人婆的氣焰越來越囂張了。

「慘囉！伊……伊真正是憨頭憨面，不識輕重！」櫻子跺一下腳，心底暗暗叫苦，忍不住嗔怪起那隻呆頭鵝。

是的，甚麼都可以拿、可以借、甚至可以給！但是，那手巾就是不行，別人連碰一下都不可以了，何況是仇人——這下子，阿旺嬸當然又變回仇人了。

她縫、她繡、她給的定情物，怎麼可以拿出來？還拿去擦仇人的髒頭毛！櫻子細細的白牙，把下嘴唇咬出一排血齒印，新仇舊恨又慢慢漲潮了……

事情是鬧大了，像捅了蜂窩！邱信又懊又惱、手足無措，但是，真的不是故意的呀！他求饒的望向櫻子！

那無辜又後悔的眼神，一下子，就把櫻子的氣消掉了大半。唉！大敵當前，絕不是鬧小脾氣的時候。癡傻傻、笨呼呼的男子固然可惱，卻有一股透明的純真。那種沒污、沒染、沒三十六彎七十二拐的純真，真的會讓女人為他揪心肝、扒腸肚、一輩子無怨無悔。

那情況呀！像極了用薄薄的石片打水漂，噗！噗！噗！小石片一路彈跳，從水面上點過去、躍過去，再「噗咚！」一聲，鑽入女人的茫茫心海。每一噗、每一跳，都激起大大小小的漣漪，盪出一圈又一圈的同心圓。溫柔又強勁的波濤中，小石片撞擊的中心點是愛憐——屬於妻子或情人的；波紋盪開的大小圓圈是疼惜——帶點母性或姐妹的。

要保護他要保護他，她靠過去她靠過去：「阿旺嬸，我來幫妳拭乾頭毛！」櫻子放下所有的嫌隙，低頭乞討歡心了，只懇求媒人婆能體諒小輩們發芽不容易，茁長有風雨的一點真情！

「免！免！多謝喔！」

禮多必有詐！會演又會講的女孩，奸巧又可怕！阿旺嬸的頭毛不必擦，就一根根毛燥起來。她頭一仰、身一側，做出反射動作，閃開櫻子的善意。

斬釘截鐵、無情又無禮的拒絕，怎不傷人？櫻子退了一大步，臉煞白了。還好，她聽不見媒人婆心底更殘酷的咒罵：『六月芥菜——假有心』，當我是三歲囝仔？哼！妳祖嬤——我咧！若是那麼好拐、好騙，就不是做媒做了三四十年冬的阿—旺—嬸！」

「咦！」媒婆眼一閃，又找到新的犯罪跡證：「這一條手巾！……嘿！哪會這麼面熟？」

「啊！」邱信、櫻子同時驚叫。櫻子甚至不顧一切，腳一踮，身一探，出快手去搶。大腳媒婆的運動神經超好，頭一低，臂一夾，閃身避過了；幸災樂禍的嘲諷也順便倒出大嘴巴：「嘿！心內有鬼！大隻鬼喔！還講你兩人沒做啥、沒約會？」

她食指、拇指捏住那塊手巾，花白的頭顱往左一偏、向右一歪，歪出滿臉的狐疑；接著，她抖開，伸直手臂，老花眼拼成鬥雞目，瞧了個仔仔細細：「喔！我想到了！勿會錯！勿會錯！」

迎著呼咧咧的山風，她舉起手巾，對著倒楣的小情侶，招揚起天大地大的秘密：「這一條手巾，我斟酌詳細看……這塊布料！對啦！明明就是櫻子妳播田抽藤時，穿在身軀的那一領花仔衫嘛！」

撥開心中的迷霧，也證實了村人所傳的師生戀，媒人婆臉上的皺紋，一條一條都好得意，得意到抖顫起來、乜歪八斜起來：「莫怪哦！真久無看到妳穿了，原來是拆掉，改做手巾送愛人囉！」

苦心被拆穿了、真心被識破了！櫻子只覺得望風亭彷彿撐不住一切，頂塌了、柱斷了，強風強雨全撲打上身。她身黏衣、衣貼身，溼漉漉、黏糊糊，有穿等於沒穿了。都這樣狼狽了，還要被五花大綁，逼上大街去遊行示眾……這是甚麼世界？那媒婆是虎姑婆？虎姑婆不是藏頭藏尾，只敢在黑夜害大人、吃小孩嗎？怎麼會這麼猖狂、這麼霸道？那條手巾，虎姑婆捏著它招搖、摸著它噴口水，就是踐踏、就是侮辱！

再狠、再霸，虎姑婆還是女人，既然同樣是女人，就不管了！櫻子衝過去，伸手再搶……

衝刺幾回後，櫻子卻敗下陣來。不是小農女體力比不過，是大媒婆既挨不得撲、又經不起推，稍微近了身，就哎哎哇哇！亂叫一氣。櫻子警覺：萬一錯出了重手，隨便被誣賴一個「打罵長輩」的罪名，傳遍全梅仔坑，她就只能去死了。

而邱信呢？他直覺這下完蛋了，禍越惹越大，很難收拾了。可是，自己是大男人，又是關係人，老少女人的爭搶，他再怎麼一面倒，也只能乖乖杵著，不許動、不能幫，連出一隻手指頭都不行，否則，就等於推櫻子下十八層地獄。

天被戳破了大洞，雨嘩啦嘩啦地瀉；閃雷像杈杈的樹根，一蔟蔟、一叢叢，東冒又西竄。天空亮一陣暗一陣，桂竹、痲竹、莿竹、樟樹、楓樹、相思樹……全在狂風狂雨中亂擺。天與地都在獰笑，笑小小涼亭內，上演著荒謬絕倫、幼稚無比、卻又莫可奈何的鬧劇。

櫻子住手了，眼裡也蓄滿了風雨！沒錯！就是她穿舊了的花布衫，就是她送給邱信的小禮物！那又怎樣？犯了甚麼天條？

這種鬼日子，有錢也買不到布。整件舊衣裳已磨洗得像薄紙，不能穿出門了。她是耍了點心機沒錯！剪掉大洞眼、補起小蛀口，改做成小么妹的花裙子；多餘的布面，千拼萬湊，裁裁納納，縫出了一塊小手巾——炎炎五月天，講臺下，坐在最中間、最前座的女級長，不時抬起眼睛，水盈盈的，望向認真教書的他。他全身細胞都感應到水盈盈的期待。於是，嘴巴沒停、眼睛沒瞄，只把一隻手靜靜伸進褲袋，掏出那方手巾。悠緩的、天經地義的姿態，表面上是那麼自然、實質上是那麼刻意，刻意讓她知道，他隨時隨身都帶著、珍愛著。手巾布面，桃紅小花已褪色、翠嫩柳芽也走了樣，小小的方塊，整齊的摺疊，他的大手掌拿著、遮掩著，輕輕壓按一下額頭，怎捨得真的擦汗……

是的！就是她自己穿的舊衣衫、改縫的手巾！那又怎樣？沒偷沒搶，犯了甚麼錯？是師生又怎樣？才差兩三歲，下了課，不就是普通的男與女？有甚麼罪？為甚麼就不行？

這世界瘋了！瘋得這麼徹底！一陣酸楚湧上來，淚水蓄不住了，人、雨、雷電、望風亭，全模糊了，歪歪扭扭，浮浮盪盪，淹沒在櫻子漫大的委屈裡。

媒婆不必左閃右躲了。她大剌剌伸出長頸鹿的脖子，瞇著老花眼睛：「哦！手巾這邊角裡還有字哩！用紅線繡的，嗯！針腳真齊整，有夠好看！櫻子呀！我也有去讀『老人識字班』，妳繡的日本字，我嘛唸得出來……」

「末永く平安でありますように。」（天長地久、祝君平安。）

阿旺嬸真的唸出來了。

她喉嚨粗沙、音不準、調不對，絕對糟蹋了少女真誠的祈願。

然而，就在張嘴動舌、吐字唸音的當下，一抹幽光，像一絲棉絮，很輕、很淡，很溫柔地拂過她臉頰、滑溜過她心田，拉出很遙遠、很從前的記憶。她滿身滿臉的皺紋，在這微妙的瞬間，一條條脫離肉身，飛了出去、消失在一片鳥語花香中；滿頭的斑白也不見了，髮絲柔亮，像一渠彎彎的流水。

誰沒年輕過呀！她戀愛的味覺覺醒了——是出嫁後的那幾年，那幾年！她也會在姆婆、阿嬸、妯娌、小姑的監視下，躡手躡腳，從廚房灶上，偷偷夾藏一顆滷鴨蛋、兩片豆腐乾、一小把花生米，夜半無人私語時，再遞給心愛的丈夫……

是的！誰沒年輕過呀？

小農女一針針繡出來的心聲，撞擊著老婦人塵封已久的記憶匣，三四十年的歲月，剎那間就被逆轉了。青春如煙火乍放，重新再爆破一次、燦爛一回；四周繁花似錦，開得如癡如醉，茉莉、丁香、百合、含笑、桔梗花，滴溜溜繞著她飛旋。露珠點點，淌流著清香，一朵又一朵、一瓣又一瓣，何等嬌麗！

阿旺嬸長悠悠抒一口氣，眼瞇了、嘴咧了、心花也全開。啊！久違了！那一切，多美！

但是，那抹笑，像流星滑過天際，只光燦一下，就被滄桑與世故一口吞掉。煙火熄了、鮮花凋了、心花萎了、一條條皺紋又飛回來，死黏上身。她——再次被關入銅牆鐵壁的禮教監獄。

逝去的，終究拉不轉、回不來！不只是青春、不只是心境！

阿旺嬸莫名其妙暴怒起來——是的，女人當然可以談情說愛，但是，要像她、像千百年來的乖乖女，是在拜完天地，進了洞房，喝下交杯酒以後。沒父母嚴把關、沒媒妁當憑證，青春的肉體一定管不住自己。女人一不小心把田園捐出去、男人播下種子，雜七雜八的東西就亂生亂長，這樣一來，世界還像個世界嗎？

對！她沒有的自由，別人怎麼可以擁有？她乖乖遵守的戒律，別人怎麼可以揚棄？不該出現的，一冒在她眼皮下，就毫不考慮伸手去掐、用腳去踹。掐死它、踹死它！年紀輕輕造甚麼反？戀甚麼愛？人生呀！就是照著老祖宗的規矩，規規矩矩活著，安安穩穩過著。就這麼回事，湊合湊合吧！人生！強出頭是要付出代價的。

媒人婆又笑了，拉扯開臉部的所有筋肉，強力笑出個一團和氣：「阿信呀！感恩呦！多謝你的手巾。少年人，有肚量就有福氣，天公伯會保庇你長歲長壽、大富大貴哦！」

但是，在望風亭鬧太久了，強風直直灌進嘴巴，太乾太澀了，上嘴唇直接黏在牙仁上，腮幫子及下巴都僵住、歪扭了。阿旺嬸用舌頭舔一下牙齦，樣子有點像臭青母昂起頭，吐出尖尖的蛇信：

「這場大雨真抓狂，把我的頭毛淋得齷齷齪齪，全身軀也變垃圾相，這條手巾已經拭得不成樣了。阿信呀！我就帶返去洗，洗得清清氣氣，再雙手送還你，答謝你的恩情呦！」

雷電不劈了，風——忘了停、雨——停不住，整個世界被媒人婆嚇呆了！

這惡人要帶走手巾？手巾一被帶走，還有甚麼髒話不被說？甚麼醜事不被傳？再潔白的布也會被染得污濁濁、黑漆漆！

櫻子受不了了，摀著臉，哭著往亭外衝，衝進風狂雨暴的世界……雷電瞬間醒了，一道道藍白光又劈下來，轟隆隆、刀閃閃，狂劈在前方抓她、猛砍在後面殺她。天遼地闊！小農女何處可逃？

漫天雨

老天爺真的是反常了！大雷雨過後，才開始霉死人的黃梅雨。

漫天灑落，不分晝夜的雨，把青苔、黃蘚、野孢子、癩皮地衣，全部都催熟了。它們一步步攀爬，盤據上岩壁；一塊塊漶漫，攻佔了屋牆。有的癩癩痂痂，像長了瘡、脫了毛的臭狗皮；有的橘黃斑斕，像青銅器上的千年老鏽。整個梅仔坑是一塊擰不乾的抹布，溼答答、厚沉沉，淌著一滴滴的污水。

霉不完的梅雨，多多少少妨礙了農事，何況，種出來的東西全被公家查收了，搜刮容易發放難，每人一天一小火柴盒的配給米，只能塞牙縫，哪能填飽肚皮？

日子真的不好過，不好過的日子又不能不過，梅仔坑勤勞的人們，在霉死人的季節裡，總要尋找生路！

沒錯！聽八卦、傳緋聞，絕對是忘掉肚子餓的好對策。

很多人在咬耳朵——歪著自己的頭，湊在別人的嘴巴前，脖子伸得長長、眼睛瞪得圓鼓鼓，心臟暴跳著，三萬六千個毛孔都張開，像好奇的網。於是，塗胭脂的紅嘴唇、嚼檳榔的黑嘴唇、圓臉大嘴坑、尖臉小嘴巴、長鼻子、短鼻子、鸚哥鼻子……都好忙，吱吱喳喳、嘰嘰呱呱、哩哩啦啦，沒完又沒了；而深耳膜、淺耳膜、大耳片、小耳片都好奇死了，唏哩呼嚕，又吸又吮的，收音收得徹頭徹尾、舔得乾乾淨淨。

但——過不了多久，耳朵聽進去的，又一滴不剩的從嘴巴倒出來，倒向別人歪著頭靠過來的耳朵。當然，消化後再吐出來的東西，口味一定要更鹹更辣才行，不只灑了大把大把的鹽、一撮又一撮的胡椒，又澆上一瓢瓢的酸醋、一匙又一匙的紅辣醬、黑豆油……

整個梅仔坑，或許只剩下櫻子家、邱信家以及阿順伯公、宮城先生還被瞞著吧？瞞的方法儘管不同，但都非常粗糙——宮城先生聽不懂臺灣話，流言流不進他的耳朵；更何況，有日本人在場，臺灣人哪敢搬嘴弄舌？最多只有在他轉身離開時，大伙再哼著鼻子，嗡聲嗡氣地說：「攏總是有禮數、無體統的日本人害的，好好的臺灣囝仔被伊們教壞去了！」

阿順伯公是櫻子、邱信的守護神，誰有畚箕大的膽子，也不敢在他面前說三道四，但也免不了在背後碎碎唸：「『寵豬、拆灶；寵子，不孝！』老大人伊的目珠，若不是脫窗，就是糊到牛屎，白白疼不對人囉！」

至於，對付邱信及櫻子的家人，那還不簡單——不管談得再口沫橫飛，只要兩家出現個人影子，所有三姑六婆的嘴巴都會立刻閉上，緊到怎麼撬也撬不開，雖然，一雙雙轉來轉去的眼睛都在說話，說這麼難聽的話：「見笑死人喔！伊們兩人是老師和學生咧！也敢談戀愛？真正是削世削眾、削紅供桌上十八代祖公祖嬤的面底皮，你們還憨頭憨腦、不知不覺哪！」

拼

天要落雨、人要造謠，真的沒法擋得住！億萬條雨鍊，像億萬條鞭子，一鞭鞭、一條條抽打到小情侶身上。無窮無盡的酷刑，反倒鞭打出對抗的力量。是的！是師生，又怎樣？沒偷沒搶、沒殺人沒放火，不相信偌大的梅仔坑，容不下兩人小小的愛戀？

但是，越是自我打氣，越是孤獨苦悶。不能再私下幽會了，那就全心全力去上課、去練演講吧！

上課了，兩人的眼睛離得遠遠的，心肝卻靠得很近很近。櫻子還是大大方方坐在正中央，她感受得到背後有很多人在嘐鼻子、歪嘴巴，指指又點點。就因為這樣，她喊起立、敬禮、坐下時，聲音就更宏亮、更有元氣。

練習演講時，櫻子更賣力了。賣力演、賣力講、賣力盡忠君王，演講稿再怎麼難背，她也硬生生吞下去，再情切切唸出來。唸完、演完，她垂下眼皮，心裡喃喃對邱信：「是你教的！每一個發音、每一個字句，攏總是你教給我的！」為了他，她敢、她值得，她心心念念，願意付出一切的君，絕不是派兵殺人的日本天皇！

緊接著，她眼睛閃了閃，貶睞下一隻，再飛一朵鬼鬼的笑，送去給阿順伯公：「勿要罵我哦！宮城先生怎樣寫，我就怎樣唸。我無法度，您也勿要碎碎唸，白操煩！」人情世局變來變去，快八十歲的老伯公都只能逆來順受了，她才十八歲，又能怎麼樣？

阿順伯公心不在焉，漏接了死查某鬼偷偷丟過來的微笑。

最近，他老人家好忙：鬼門關前，搶回了櫻子一條小命；家裡那隻小牛犢的命，還要靠他奮力去救！

可是，要怎麼救呀？小牛犢還不太會吃草，日夜「哞！哞！」哀嚎著，呼喚牠不見了的生身阿母！曾孫子阿桐一放學，藺草書包往屋裡一丟，人就跨進牛欄。頂著小牛犢的頭，摟牠的脖子、拍牠的背，努力輸送溫暖給饑餓的孤兒。老妻、媳婦、大小孫媳婦們，用舂米的大石臼，一槌槌、一杵杵，磨碎了嫩青草來餵牠、哄牠、強迫牠。可是，喝不到母奶的小牛犢，還是一天一天消瘦下去、耗弱下去。全家老老小小愁眉深鎖，痛到捶心肝、急到頓腳蹄，也找不到任何好辦法。

中午，要來講習所之前，老伯公晃晃悠悠走向牛寮。再怎麼硬朗的身體，也熬不太住雷厲風行的限米限糧，他感到膝蓋發酸，全身虛脫。然而，更虛脫的是那隻沒了親娘的小牛犢。牠已經瘦到皮包骨，側身躺在乾草堆上了。看到老主人進來，有靈有情的牠，牛頭挺了挺，四肢蹬了蹬，卻是怎麼掙扎都起不來。

老伯公蹲坐落地，輕輕抱扶起牛犢仔的頭，枕在自己的大腿上。兩隻黑硬的大手掌，在小孤兒瘦嶙嶙的身軀上，來來回回摩挲。黑褐色的牛毛，一浪浪一波波，在他手心手指間翻伏、滑流——他想起了那隻乖馴的牛阿母、那雙溫和又信任的大眼睛、那片在牛犢仔身上舔來舔去的紫紅色舌頭、那兩行滴落泥土的清澈淚水……

阿順伯公垂著頭，前往「國語講習所」——甚麼「國」？甚麼「語」？他哼哼冷笑！到底是誰人的國？誰人的語？牛牽走了、一家家的小囝仔，餓到變猴猻樣……他抬起老眼問蒼天，不言不語的天，只落著茫茫的雨。大男人不能哭，老男人更是哭不得！在生與死、臺與日的鞦韆上，悠盪了快五十年，他也真的從來沒哭過！但是，現在，他好想放聲大哭一場！

曲曲折折的汗路，不平不順的人生，還是不得不走下去！一層層、一畦畦，汪著水的梯田，正灑落千萬條雨鍊，天光水光，一片銀白，銀白的恍惚裡，真的站著一個痛哭的老人——工頭阿財伯。

「阿財！落雨哪！你為啥恍神恍神？」男人與男人的對話，必須只有關心，不能問起尷尬的淚水。

「哦！阿順叔！是您喔！」數百年來，梅仔坑流傳著好禮數，所有的人按輩份、照年齡，自動排出合情又合禮的順序，無論是喊公或喚叔、稱兄或叫名，都恭敬又誠懇，像親密的一家人。

「無啦！我閒閒無聊，出來巡田看園啦！」阿財伯披著簑衣，卻忘了戴斗笠。他吸一吸鼻腔，仰起花白的頭顱，涼涼冷冷的雨珠，迸跳在他黝黑的、阡陌交通的老臉上，遮掩了赤紅的眼眶，也沖刷掉滿腮的淚痕。

「阿財呀！無牛，無要緊！用人拖犁，慢是有較慢，但總拖得過難關呀！」阿順伯公把油紙傘移過去，撐擋漫天的梅雨；黑硬的大手掌，也拍向老姪兒的肩膀。他知道——就在昨天，阿財家的牛也被徵召了。

「所有鐵做的農具，也攏總繳去庄役場囉！哪還有犁？」阿財伯一臉憤恨。憤恨過後，卻是一臉愧疚——這樣的回答，對長輩很不禮貌，他警覺到了。

「阿順叔！這十幾層的梯田，當初，原本攏總是含水含不牢的土砂。為了要栽種水稻，使全家能吃香貢貢、甜滋滋的白米飯，我只好用老祖公最笨最直、厚工又厚力的辦法來改土儲水。」阿財伯的淚水可以暫時止住，思念卻永遠停不了。兩個老男人固然都愛面子，但是，最痛苦的時候，有人能說說話，又聽懂每一句話，面子就沒那麼重要了。

「我帶領四個後生、四個媳婦、十幾個孫子，駛著一隻大水牛、拖一個重鐵犁，吭吭嗆嗆！將所有的硬土切開、犁開，足足翻土二尺深，撿掉大粒小粒無用、無肥份的土塊及石頭，用牛車將挖起來的土，全部搬開，再把擋水擋得牢的白堊石灰，鋪落去田底。

完全鋪好了，人和牛就出死力去踏，踏得密密紮紮，確定勿會漏水泄肥了，再將那挖起來的田土，運返回來鋪落去。然後，再灌田水、種稻秧，一年三期收割的蓬萊米，就飼飽我全厝內三四十人的嘴坑！」阿財伯叨叨絮絮著，有對大自然的誠敬，也有全家拼鬥的滿足。

「那隻大水牛，陪我日出做到日落。後來，自己的田耕好了，我又牽伊去犁別人的田、運別人的貨。我真正是沒良心，只顧著愛賺錢，將牛操到半死……」身為工頭，阿財伯糾集的不只是勤奮的農工，還有任勞任怨的大水牛。

「阿財！全梅仔坑，誰人不知你疼惜牛？七八月天，你怕牛熱到中痧，就熬清涼退火的青草汁去苦勸牛喝。年頭年尾大寒天，你換煮黑砂糖加薑汁來奉待牛；出門拖車前，你還用熱滾滾、燒噗噗，噴白煙的大條面巾，將牛全身軀拭透透。無人像你這樣愛牛，惜牛若惜命呀！」同樣是傷心人，阿順伯公用體諒的語句，安慰著雨中的老農。

「一想到我的水牛，拖著疊得半天高的甘蔗或米袋，翻村過庄，毒日頭晒、西北雨渥；爬崎路時，爬到哞哞叫，大氣小氣噼啪喘，我心肝就若針在刺……我是粗魯人，死無天良，有時，還用皮鞭一下一下抽牛、打牛！現在，伊又被日本人牽去剁皮刣肉……」

雨中的老農悔恨交加，淚水真的如雨下了。

「不是咱們不愛不疼，是伊們命運歹，出世做臺灣牛。」再怎麼強忍，老伯公的淚也被誘出來了。

天，依舊落著茫茫雨，遠山近山，綿延不盡的溼綠，籠罩無休無止的悲哀。兩個老人都垂著頭，不敢對望彼此的淚眼。

啊！惹長輩傷心是人不敬的——阿財伯趕緊先箝住自己的悲痛，扭轉話題：「阿順叔！您、您、您飼的那小隻牛犢仔，有好好否？」雖然很努力，還是失敗了，話題還是在臺灣牛上面兜兜轉。

「哪有可能會好！小小一隻牛犢仔，無牛母疼惜，無奶水可吃，早就瘦巴巴，只存一把骨頭，早慢會……會活活餓死！」一講到無依無靠的小孤牛，老男人的心都碎了。

「阿順叔！我……我……」不小心在長輩傷口上灑了大把的鹽巴，阿財伯心裡七上八下，抓耳又撓腮。

「這雨，唉！透早落到透暝，真正是落未完！」阿順伯公抹一把臉，眨眨眼皮、擤一擤泛濫的鼻水。再怎樣，老男人的面子還是要顧的，尤其是在晚輩面前。

「那……那隻小牛犢，可……可能是咱們梅仔坑最後一隻了！」阿財伯鼻頭又酸了。昨天，自家大水牛被牽走的痛，也排山倒海淹過來：「咱們攏總有乖乖繳稅金、按時納米穀，絕對不是『四腳仔』所罵的刁民呀！」想到這裡，他心一橫，下了重大的決定：「阿順叔！我、我、我有……」決心是下了，但是，要吐出這天大的秘密，還是免不了緊張。

「你有啥？唉！甚麼世面沒見過，嘴鬚也長得可打五六個結了！還吞吞吐吐、瘖瘖喔喔，講不輪轉？」

「我、我有辦法，救、救您的細隻牛犢仔！」長輩的淚，沖垮了阿財伯最後的心防，他豁出去了。

「啥？啥辦法？」是陰天要露曙光？或是天頂要劈雷電？阿順伯公眼睛瞪直了，整個人像要撲上去。

「我……我在雞胸嶺，無人所到的山壁後面，偷偷飼……飼幾十隻山羊仔！」

「夭壽喔！你還大聲講！」阿順伯公反射動作，真的撲向前，一掌就封住老姪兒的大嘴巴。一想到並沒有「四腳仔」「三腳仔」在旁，又立刻放開手，尷尬地笑了笑。

「戰爭時，偷藏物資不繳出來，是會被捉去槍殺或斬頭的。你喔！真是戇大呆，竟然敢犯這款死無人救的天條？」

「我哪會不知死活，只是不甘願交出羊送日本仔！」粗做人硬頸、硬肩膀，脾氣一犟起來，也是茅坑裡的石頭，臭烘烘又硬幫幫。

「牛有編戶口，也有身分證，一隻一張，日本人管得硬死死，每個月派『三腳仔』來調查兼登記，咱們一點辦法也無，只好看牛一隻一隻去送死……」阿財伯的喉嚨又哽住了。啊！那隻在毒日頭下拉車，在大雨中犁田，還被他一鞭鞭抽打的大水牛呀！

「羊沒有身分證，比較小隻，就比較好藏！」他低下頭，穩住咬牙切齒的憤怒，也收斂了報復的眼神：「那群山羊，我偷偷飼真久了。」

「阿財呀！你勿要再對任何人講。現此時，我啥事都無聽到！若有聽到，也全部卸入江洋大海，忘記到腦殼空空了！」老伯公一臉誠懇。在日本的武士刀下，這是尊重別人又保護自己的可愛方法、可信默契。

「阿順叔，我是講，我有辦法，使你的細隻牛犢仔，免活活餓死！」梅仔坑的最後一隻牛了，怎能不救？阿財伯握住老阿叔的手肘，也急切又誠懇。

「這……這……」老伯公心念一轉，立刻猜中老姪兒想用的辦法。他有些驚喜，也有些遲疑。驚喜與遲疑進行拉鋸戰，戰得天昏地暗。

那辦法——真的救得活小牛犢——他確信。雙溪村李家的大兒子，從阿里山上救了隻死了阿母，奄奄一息的小猴崽子。一抱進院子，那隻名叫「哈莉」的大花母狗，就搖著尾巴迎上來，直接叼了去，混著一窩剛出生、還沒睜眼的小狗仔，竟然一起奶活了。奶大了之後，陌生人一到李家，小猴崽立刻皺鼻肉、露尖齒，又撲又吠的，活脫是另一隻小哈莉——想到這裡，老伯公的眉頭舒坦了、嘴角也向上揚了。

但是，身為一村的「保正」，非常時期，帶頭抗命，保證是死路一條，連累一家子是必然的，若害全村被搜、被查、被羞辱，就更悽慘了。問題是：再不出手搶救，那隻可憐的小牛犢，也保證活不了。怎麼辦？他搓揉著太陽穴，眉頭又皺了起來。

「阿順叔，免驚啦！每一日的黃昏，叫阿桐到寒水潭那欉大苦楝樹的樹下等我。我交羊奶給伊提回去，請阿順嬸煮滾後放涼，才用奶罐子飼那隻小牛犢吃。」阿財伯邊講邊想辦法，一心一意要救小孤兒。

「這——會不會換小隻羊仔餓死去呀？」阿順伯公冒出一頭熱汗。

「免操煩啦！小隻羊仔已經加減會吃草囉！而且，我就不相信，六七隻羊母，一隻擠一些乳水，還救不活一隻牛犢仔？」老農夫不識字，但是，窮則變、變則通的道理，根本不必書本來教。

「按這樣做，不只勞累你，也會牽連一大堆人，冒真大的危險！」風裡來、浪裡去的老保正，不得不替大伙人擔憂。

「橫直——我的牛已經被牽去剝皮剖肉了，我也老囉！勿想要再拼命種、拼命繳了。」失去水牛的老農，像洩了氣的皮囊，甚麼都不來勁了。但是，一想到梅仔坑最後的牛犢仔，正需要拯救，也唯有他能拯救，一股動力，又從他一根根肋骨間冒出來，來回奔竄於手掌及腿腳了：「我入去深山內，找一些野果吃，順便擠羊奶，裝入去木桶仔內，再用姑婆芋的大片葉子蓋住，用草絲綁好箍緊，以免羊奶溢出來，也避免閒人看到。」

方法真的是愈來愈周全、愈來愈可行。阿順伯公嘴唇哆嗦了！有可能賠掉別人身家性命的大事，要他點頭答應，實在是掙扎呀！

阿財伯看出老伯公的憂懼，淡定的笑了笑：「您老大人，再想就想過頭了。就算真正被閒人看到，除非是日本走狗，也應該勿會歹心污腸肚，真正去報官啦！」最後一隻牛犢囝仔了，讓梅仔坑的好牛滅種，人蒙羞、天難容呀！

「阿財！真多謝、真多謝！『人在做，天在看』，不只天公伯在看；那隻牛犢仔的阿母，伊在天頂，也一定會看到、會感謝你！」

灑落人間的雨絲，粗粗細細，一會兒急、一會兒歇，不管浩渺的天空有沒有神明、有沒有牛阿母，兩個老人都已準備好，要盡全力拼了。

分別前，面子問題又出現了——兩個老男人在雨中掉淚，不管理由多充足，總是羞死人！阿順伯公瞅著老姪兒，摸摸自己雪白的鬍子：「阿財！我看哪！還是要認真考慮。萬一，我的牛犢仔吃甚多羊奶後，一開嘴，就『咩！咩！』學你的山羊仔亂叫，那就悽慘落魄了！哈！哈！哈！……」

兩個老人都笑開了，笑聲中夾帶著強烈的不安。但，心橫了、牙根也咬緊了，不管怎樣，先救小孤牛再說。救活了，邊養邊想辦法，不管是假報牛的死訊，不管是拿金戒指、金項鍊去賄賂「三腳仔」，只要認真想，一定會想出好辦法來！

偷

阿桐提著一桶羊奶，走在爬高走低、彎來繞去的汗路上。

雨季已到了最尾聲，樹海葉浪裡，蛻掉舊殼的蟬，用高吭的啼嘶，聲聲呼喚著夏天。

才十二歲的男孩，就要眼觀四面、耳聽八方，一有腳步聲逼近、人影晃動，咻！立刻閃進草叢裡，或隱身在大石頭後，直到危機徹底解除。油綠綠的肥葉子，封住了木桶口，草桿絲也箍得死緊。看不見的羊奶，白玉似的瓊漿，在木桶內晃盪，反而更香、更濃、更撩撥嗅覺與味蕾，尤其是在肚子咕嚕嚕叫的放學後。

再怎麼餓，都要管住兩隻手、閉緊一張嘴，那是小牛犢的活命汁呀！阿桐聲聲警告自己。

但是，好久好久沒吃飽過了，胃在抽筋、大腸小腸蜷成一團肉球，無數排尖細的牙齒在啃咬著肚皮；兩隻眼睛看出去，所有的東西也都發黃發昏了。奶桶越來越重、腿腳越來越沉，一頭狂冒的汗，把眉毛睫毛都浸溼了！

啊！真的快沒力了，就停一下、歇一會兒吧！

鑽進杉木林，坐在樹根上，喘幾口大氣。只停一下下，不會慢太久的。嗯！剛剛擠好的羊奶，隔著木桶片，還摸得到暖暖的溫度。真難忍呀！聞一鼻、看一眼就好！掀開大綠葉，搶吸一下，反正嗅一嗅，奶汁又不會變少，不會對不起羊阿母、對不起小牛仔、對不起老阿祖、對不起阿財叔公……

哇！真的好香、甜甜膩膩，帶點母羊身上的腥臊。老阿祖說，偷喝沒煮滾過的羊奶，嘴巴會嘔酸白渣、屁股會瀉臭黃屎。不！我哪裡有偷喝？只是——忍不住、舔了一下，在木桶邊邊舔那麼一下下而已！白花花的一大桶奶，舔一下、吮一下，不太要緊吧？啊！蜜滋滋的好味道，再一下，再兩下……七八下……

「阿桐！你在做啥？」

聲音——從背後傳過來，不怎麼大聲，阿桐卻嚇一大跳，下巴磕上木桶，差點撞翻了救命奶。

「阿招叔喔！你會活活將我驚死。」阿桐立馬收拾殘局。但兩手越急，心就越慌。心一慌，綠葉子、細草桿就搞得更亂七八糟。

「來！我來綁！你細漢囝仔一邊看就好！」

阿招的動作熟練無比，兩三下就搞定一切。梅仔坑的耕牛被徵召光了，像樣的鐵農具也全繳了，再怎麼勤快的人，也沒零工可打了。他只好遊蕩於山野，努力撈幾尾溪魚、捕幾隻竹雞仔；採些木瓜、野莓、土香蕉，好讓自己及家人不要活活餓死。瑟縮的他，本來就像山老鼠，現在更像來無影、去無蹤的摸壁鬼了。汗路上，大事小事、好事壞事，包含沸沸揚揚的師生戀；偷養羊、救小牛的天大秘密，都逃不過他的兩片耳膜、一對眼睛。只不過，膽怯的他，永遠溫良、永遠無害，無論是對大人或小孩、好人或壞人。

「喔！好咧佳在，是阿招叔，不是別人！」阿桐想著。小歸小，鬼頭鬼腦的他，當然也知道十多個村落裡，誰是「三腳仔」、誰是爛好人。但是，半路冒出來的摸壁鬼，還是讓小男孩嚇得死去活來。

「我偷舔羊奶，阿招叔是不是有看見？會講出去否？」小男生也是愛面子的，他不好意思開口問，更擔心聽到可怕的答案。尷尬的那幾秒，宛如千秋萬世。只不過，溜溜轉的一雙小眼珠，看到彎下背脊的阿招，後褲腰帶上，斜斜插放著一把短刀，薄薄的破上衣掩蓋著，但是，硬牛皮鞘、鐵把柄的形狀，還是大剌剌露了出來。

刀，對男孩，真的有致命的吸引力。小手一伸，破衣一掀開，刀柄一握又一抽，另一樁不可告人的秘密，就被抽了出來。

「啊！刀！」阿桐悶喊一聲，眼睛瞪得圓鼓鼓。

那——真的是刀、一把刀，而且是軍刀。

沒錯！千真萬確，是那把佩在宮城先生腰間，全梅仔坑幾乎都認得的軍刀。

秘密被戳破了——換阿招嚇得魂飛魄散，所有的血暴衝到臉，紅漲到脖子，大小青筋不安地扭曲著。這場意外，讓大男人徹底敗給了小頑童。

「還我！趕緊還我！」沒厲聲呵斥、沒動拳頭打人，面對可惱的小壞蛋，阿招壓低喉嚨懇求、全身捉不住地顫抖。

怎麼能不顫抖？沒錯！對任何人，阿招一向無害。但是，他也不願深愛的人受害——前些日子，櫻子的那把好柴刀，被搜出來了、被「樂捐」掉了。她曾在望風亭裡痛哭；高燒時，還在擔架上聲聲哀求。沒了刀，小農女要怎麼幫阿爸阿母養家呀？

阿招想了又想：如果能找到一把好刀——天呀！此時此刻，梅仔坑怎麼會有好刀？除了……除了宮城先生腰上佩的那一把。除非……除非自己冒著被剁手指、被踹斷龍骨、被砍斷脖子的危險，去偷拿！

若——若是——真的偷拿到了，啊！磨掉刀柄的刻痕、刀背的記號，轉送給櫻子，讓她小心翼翼藏在草叢或樹洞，沒人看到時，再拿出來挖竹筍、砍木柴、削黃藤。這樣一來，她就有能力養家、養弟妹了。若是——若是真的辦到了，櫻子、心愛的櫻子，應該會很開心。是的，幫了她，讓她開心，絕對比傳甚麼小紙條、送甚麼蒸蕃薯，還要好上千百倍！自己笨、自己醜，絕對搶不贏教書先生。但是，只要櫻子開心，命、一百一千條命，都可以送給她。

阿招豁出去了，想很久、觀察很久、更規劃了很多次，完全掌控了宮城先生的作息時間、出入動線。

傍晚，時機一到，趁著宮城先生教完演講，回到臨時宿舍沖澡。阿招真的變身成山老鼠，從窗戶滑溜溜就鑽了進去，再一骨碌爬了出來。那刀，真的就到手了！

怎麼這麼簡單？這麼容易？連阿招都很懷疑！

奔著兩條飛毛腿，逃竄在汗路上。那把軍刀！斜斜插在後褲腰。刀鞘被汗水濡溼了，在屁股肉上擦來磨去，激出一身雞皮疙瘩。阿招體腔掏空了、腦子一片虛白，生平第一次幹壞事，像要掉一條血命！

奔了很久，竄得很遠，全身力量耗光、放盡了！他閃進杉木林，兩隻手掌按壓著大腿、頭垂得低低的，大口呼、大口喘，整個山野跟著他吞吐強大的恐懼。

慢慢平下來、緩緩靜下來……阿招還是垂著腦袋，不敢移、不敢動。因為，前方，腳板丫踩到乾葉子、枯草根的聲音：「沙！沙！沙！」正朝向他逼過來，一步一戰慄，怎麼聽都變成了：「殺！殺！殺！」

他不是仗劍走江湖的大俠客，只是個偷刀當禮物的小癟三。這一嚇，一瞬間，頭都變尖、臉都縮小了；整條腰椎像被雷劈到，通身麻痺！

啊！被發現了？這麼快就追來？要往哪裡逃？哪裡躲？

日本人栽種的人造杉木林，直聳聳、潑辣辣刺向天空；層層疊疊的針葉子，那麼尖銳、那麼細密，織成天羅地網，就要當頭摔下來、蓋下來！小偷一被罩住，兩手銬住、槍就抵著腰，押進派出所去，巡察大人會大罵：「バカ野郎！」（混蛋！）接下去，就是灌水、坐冰塊、拔指甲、兩腿打得稀巴爛……

不！都到這地步了，絕不能乖乖被抓！阿招貓下腰身，躡手躡腳，往大杉木背後挪：

「這關閃得過，活到百二歲！」靈光乍現的土話，讓他抓回一些勇氣。隱藏好身子，隔著安全的距離，他歪出四分之一的腦袋，飛瞟一眼，探個究竟：「欸！猴死囝仔咧！原來是阿桐，差點驚破我的膽！」

原來，提著木桶，一蹭一蹭，拐進杉木林的，不是追兵、不是警察，只是個十二歲的男孩。阿招懸吊起來的心、肝、脾、膽，才一個個安放下來，歸到原位。

「嘿！伊在偷喝羊奶？」阿招早就知道阿桐放學後的任務是甚麼，現在，看到他半蹲著，兩隻手巴住木桶口，整粒頭殼都伸進去，也猜到了七八成。

「好啊！去抓伊，嚇嚇他！」大賊想抓小賊了！

幹了錯事的人，最喜歡拖人下水，一來減輕自己的罪惡感，二來證明天下烏鴉一般黑！阿招不知道哪裡冒出來的衝動，一小步、一小步靠近阿桐。

眼前的一幕，卻讓阿招差點掉下淚來——餓慌了的小男孩，嫩紅的小舌頭伸伸縮縮，正一舌、一舌舔著桶邊的白色殘汁；甚至，伸長脖子、側歪頭，上下嘴唇貼著木桶片，簌！簌！簌！用力吸吮著……他那麼小、肚子那麼餓、嘴那麼饞，卻真的、真的沒偷喝呀！

錯怪好孩子了，心裡怎麼過意得去？叫一聲「阿桐！」是想打招呼，也兼一點道歉。不料，反狠狠嚇著他了。再看他東遮西掩，手忙腳亂的，更加不忍心了……彎下腰，替他封好羊奶桶、綁緊了草桿。難過又難堪中，甚麼話都說不出口。

沒想到，這可愛又可惡的小傢伙，竟然一把就拔出軍刀——拔出了天大地大的秘密。小傢伙也嚇住了，立刻遞還過來。但太慢了，一切都攤在光天化日下，藏不回去了！

大男人與小頑童面對面，尷尬、驚慌、擔憂、羞愧……隨著燥熱的空氣，穿梭在兩人中間。

「阿招叔！我……我要趕緊走，天若暗，牛犢仔會餓著！」

「好！好！你趕緊去！」

僵局打破，各走各的汗路。亂世——讓小孩早熟、讓大人世故。所以，大人小孩都下了同樣的決定——今天，在杉林內，我啥事都無看見！若有，也全部都卸入江洋大海，忘到頭殼空空了。

詢與尋

雨停！出梅了！太陽加強好幾倍熱力，燒烤著泥土，也煎煮著泥土上的人們。

午後，「國語講習所」籠罩在熱浪裡，眾蟬高嘶，人聲寂靜。今天不必練習演講，宮城先生卻約來了阿順伯公。兩個人面對面坐著，挺直了脊樑，望向對方，用標準的日語、周到的禮儀，不斷地頷首：「はい、そうです。宮城さん。」（是的，宮城先生。）「はい、そうです。順さん。」（是的，阿順伯。）

佩刀被偷——天地變色的禍事，讓宮城先生在一夜之間，幾乎脫了形、走了樣。他全力鎮壓驚慌與焦躁，刻意用溫良與溫文，展現日本人的風度與教養。而行走人間、翻騰於臺日高空鋼索的老保正，按照一貫的態度，用溫馴、溫和、甚至溫吞，來對付變局。兩個高手過招，溫來溫去好一會了，最嚴重的問題、最嚴厲的要求，也不得不開門見山了。

宮城先生提出兩項要求，一是私事、　是公事，兩件分開：

第一：尋回軍刀，揪出竊賊。

第二：「海軍特別志願兵制度」剛剛開辦㉚，請老保正盡全力鼓吹青年應徵。

公事私事能完全分開嗎？伯公頭皮一緊，千恩萬謝、千痛萬恨，齊上心頭！

千恩萬謝！是對第一條要求——偷竊軍刀，等於蔑視日本帝國的尊嚴，罪不容誅！所幸宮城先生沒報官、沒驚動軍警，否則，搜身、抄家、圍村、扣減米糧、拷打嫌犯……龍眼林村，甚至整個梅仔坑，會被搞得腥風血雨。「四腳仔」本來就不是人，在「非常時期」，幹起禽獸不如的事，絕對更理直氣壯。

千痛萬恨！是對第二條要求——鼓吹應徵「志願兵」，就是鼓吹子弟們去送死，喪盡天良呀！

老保正當然也心知肚明，這不能責怪宮城先生，小小的教育行政長官，只是在奉命行事而已。

兩年來㉛，皇軍在臺灣兩度徵募一千多位「陸軍特別志願兵」，分別有四十二萬、六十

㉚ 昭和十八年（一九四三）五月十一日，日本頒定敕令六〇八號〈海軍特別志願兵令〉，宣佈在臺灣和朝鮮同時實施「海軍特別志願兵制度」。

萬青年踴躍登記。梅仔坑的青年卻反應冷漠，尤其是龍眼林村，竟然沒半個人去應徵，對此，上級已表達強烈關切、極度不滿。

而徵召完陸軍，換徵召海軍——今年五月，日本皇軍又開辦了「海軍特別志願兵」，一來補充日益枯竭的兵源，二來為臺灣的全面徵兵暖身。上級的壓力像超強颱風，梅仔坑的「庄役場」及所有的「國語講習所」就被逼崩成土石流，沖進十多個村落，活埋家家戶戶未來的希望。

十七歲以上的子弟，有的還沒娶妻、有的初為人父；有的剛承接家庭責任、有的還懵懵懂懂，怎麼忍心煽動他們拋父別母、捨妻棄子，上戰場被轟成炮灰？就算良心被狗啃了，也鼓吹不出口呀！

伯公還在劇烈掙扎，宮城先生卻突然起立，鞋跟「喀！」一併，對著老人家彎腰傾身，用心又用力，鞠躬九十度：「どうもありがとうございます！宜しくお願い致します！」（非常感謝，一切就拜託您了！）

㉛ 昭和十七、十八年（一九四二、一九四三）的年初。

日本人很少對臺灣人行這種大禮。統治者先敬禮了，被殖民者只能被迫回禮。一臺一日、一老一壯，各自澎湃著強烈的情緒，兩人同時直起身、抬起頭，就在那一秒，都看到對方赤紅的眼睛、因狠咬牙關而筋肉抽搐的臉頰。

限期三天，尋回軍刀，揪出竊賊，否則，一切依法嚴辦——這是宮城先生軟性請求下的嚴厲威脅。

三天！眼一眨就會飛過去了，就先辦這件棘手的事吧！因為另一件鼓吹青年去送死的事，不只更棘手，還傷天害理，能拖就慢慢拖！拖不下去時，要啥沒有，要命一條！反正也七老八十，活夠本了，怕甚麼？

老保正低著頭、揹著手，獨自在教室內兜圈子。兜呀兜、轉呀轉的！見多識廣的他，慢慢兜出一些底，也轉出一些方法了。

晚上，八點鐘不到，邱信退下講臺，「國語課」暫停，老伯公走進教室裡來，身後還跟著他的兩個兒子。

幾個熱情的大孩了們，立刻從座位上跳起來，蜂擁上前：

「啊！伯公！真久沒看到您！」

「伯公！為著啥事，特別來講習所？」

「我厝內的阿公阿嬤，一透早起床，嘴一扒開，就講起伯公您！」

「伯公！你趕緊去苦勸我阿爸阿母，伊們一直不講話，我夾在中央，煩惱到要死，早慢要離家出走！」

圍著老伯公，像圍著多日不見的親祖父，女孩子嘰嘰喳喳、男孩子嘻嘻哈哈。整個教室比鬧元宵、慶端午還快樂！

啊！沒錯！眼前一個個都是自己抱過、親過，甚至打過、罵過的孫兒輩呀！一陣酸楚湧上來，直直衝向鼻子，眼眶也發脹發熱了。老伯公趕緊揉揉蒜頭鼻，撫了撫白鬍鬚，再調整一下呼吸。開講前，照慣例還是「喀！卡！嗯！」打掃一遍喉嚨：

「你們這一群猴死囝仔！注意聽伯公我講話……」

阿招一看到阿順伯公走進教室，臉就煞得像張白紙。莫非、莫非阿桐那個小壞蛋全告訴老曾祖了？天呀、穩死的了！

櫻子坐在位子上沒動，心裡也微微一震——下午，練習國語演講時，一切如常，伯公沒說晚上會來呀！宮城先生一再叮囑，過不久，就要全島大賽了，她是臺南州的代表，一定要全力衝刺才行！

但是，演講有那麼重要嗎？她和邱信困在漫天的謠言與嚴厲的監控中，才是最痛苦的呀！

「來！大家聽著：宮城先生所佩的軍刀，未知遺落啥所在？死找活找，攏總無影無蹤！」

哇！晴空劈下焦雷，打出一片亂七八糟的驚叫！是擔憂？是竊喜？教室裡一片混亂……阿招混亂得更徹底，啊！有沒有聽錯？伯公說是掉了，不是被偷了！

「咱們大家都知：日本人的規矩尚嚴，『刀在人在，刀失人亡！』你們少年家，勿要戇戇憨憨，不知別人的輕重、不管別人的死活。」

人命關天，伯公越講越嚴厲了！學員們乖了、安靜了，聽得到彼此的呼吸聲了。

阿招眼前一黑，氣岔住了，幾乎一頭栽倒落地。天呀！怎麼會這樣？日本人丟了刀，不是再去拿一把就好了嗎？哪會這麼嚴重？

「猴死囝仔，大家詳細好好聽著：若是有人撿到，要趕緊還給宮城先生，勿要害人去自殺！伊雖然是日本人，也是伊阿母十月懷胎生出來的……」

一陣痲痹，從阿招腳板丫升起，一路逼衝到天靈蓋，全身的毛細孔都在打哆嗦——害出人命，會不得好死；死後也會上刀山、下油鍋，萬世不得超生。

「撿到軍刀的人，免驚惶！伯公相信你一定會將刀交出來。為著避免你『好心被雷親』，被眾人誤會是貪心鬼，或是被罵冗賊頭，伯公已經替你想好辦法囉！」

真的嗎？阿招耳朵豎尖了。

啊！伯公救我！求求您一定要救我，我只是想送刀給櫻子，讓她可以砍柴、可以削藤，沒有要害死宮城先生呀！

「現此時，我的兩個後生，已經割好姑婆芋的大片葉子，總共有六七十片，你們一人帶一片返回去。」

臺下繃太緊、靜太久了，有人忍不住交頭接耳、吱吱喳喳起來：姑婆芋最賤、最會活了，山溝裡、溪澗邊滿滿都是，隨手去摘，要多少，有多少，伯公幹嘛還要兒子扛過來？真是愛找麻煩。而且，發給大家姑婆芋葉子，就找得到軍刀嗎？天下哪有這麼簡單的事？萬一不是學員撿到的呢？去哪裡變出一把來？

「天一熱，山溝仔、溪澗邊時常有長溜溜的龜殼花、青竹絲，毒蛇一咬到，人命就去掉半條，無藥可醫治。伯公怕你們危險，替你們摘好，帶過來了……」

伯公果然是伯公，想得真周到！大孩子們儘管腦子有很多疑問，心裡還是感謝的。

櫻子一直仰著頭認真聽，此時，她看到老伯公嘴角顫了一顫，眼神飄閃；老臉也扭歪一下，浮現一種奇怪的，她從來沒看過的表情……她揉一揉眼睛，覺得自己多心了！

「明日天一暗，來講習所上課讀冊時，有撿到軍刀的人，就用大片葉子將刀包好；無撿到軍刀的，就隨便包個樹枝或竹根。入來教室前，全部投入門口兩個大竹簍內。我自然就會將刀找出來，還給宮城先生。大事化小，小事化無囉！」

伯公！您真正是好人，替我找到活路了！阿招忍淚忍到眼皮哆哆抖。他知道，儘管限油限火，番仔油燈瞎了好幾盞，還是不能讓人看到他哭，要不然，就等於當場自首了。

「臺灣人、日本人攏總有好人、有歹人。再怎樣講，宮城先生絕對不是歹人。伊在東京也有娶某生囝，若是害伊去自殺，或是被判重刑，就會拆散一個家庭，害慘兩三代人。」

伯公皺起眉頭，右拳頭壓放在左胸，拉長了聲音、放慢了語調——櫻子知道，那是老人家一提及別人的悲苦，就會做出來的動作。沒錯！宮城先生那麼認真，為了國語演講比賽，他一篇一篇寫、一字一句教。這種餓死人的鬼日子裡，還奔來跑去，督導著全梅仔坑的教育，他怎麼會是壞人？

「你們這群猴死囝仔！若有撿到軍刀的，明晚，千萬要交出來；若拒絕不交，『屎桶愈攪愈臭』，警方軍方一出面調查，連觀世音、帝爺公、三界公祖也無法解救你喔！」

我知道，我一定聽伯公您的話——阿招在心底哭喊著。

這下子，他終於明白自己所幹的事有多蠢了——人家邱信老師傳紙條、送蒸蕃薯給櫻子，最多只惹來眼紅及訕笑；而自己偷軍刀送給櫻子，就等於挖好墳墓，又強迫毫不知情的櫻子，也陪著一起跳！

「來！聽伯公的話，坐好！坐你固定坐的位子，勿要趴趴亂走，一人領一片大芋葉子。明晚，伯公會來收！要記得：咱們龍眼林村的人，一兩百年來，攏總是清清白白在過日子，從來勿會做對不起神、對不起人的歹事……」

訓完話，分完葉子，伯公站在臺上，目光擒住了孫兒們，切切地掃視了一遍，不言不語，也千言萬語。

提前放學了，大孩子們走汗路回家，兩兩三三，卻千疑萬慮，習慣性的喧鬧全啞掉了。跨入門檻之前，伯公又轉了出去，走進牛欄，蹲下去撫摸小孤牛。兩個中年兒子隨侍著。黑暗中，只聽到老阿爸濁重的呼吸聲……

第二天晚上，六點鐘不到，白眉白鬚的老伯公，就像玄天帝爺公一般，守在教室門口，威凜又慈祥。眾學員男女分開，一個個把裹好的葉包，放進兩個竹簍內。放好了，坐定位，繼續上「國語」課，從邱信到每一位學員，都刻意表現鎮定。鎮定的背後，卻是山雨欲來的心煩氣躁。

不消一刻鐘，軍刀就找到了——果然就在男生放葉包的竹簍內。葉子的編號是四十二，四十二號座位的主人是——阿招。

兩個兒子互望一眼，不得不佩服老父親的睿智。

就在昨天，日落前，老阿爸氣喘咻咻趕回家，要他倆立刻出門去折姑婆芋的大葉子。折回來了，拿出阿母那把專門剪線頭，已鏽蝕斑斑的小剪刀，在葉子邊緣剪出暗號——編碼的暗號。再十萬火急地趕去講習所訓話。

今夜，一一拆開葉包，軍刀、編碼、座號一連線，偷刀賊就現形了。

現形了！再來呢？兩個兒子望向阿爸。

阿順伯公露出一抹苦笑，說：「阿財、我、你們的老母、媳婦、甚至阿桐，咱們兩家人全部做了賊偷仔，才救活那隻小牛犢呀！」

接著，大手掌一撕，「啪！」一大片葉子，順著誇張的手勢就裂開了。兒子們也立刻跟著撕，一片又一片。

老伯公不聲不響，一樣把軍刀插藏在後褲腰，上衣蓋下來，走進教室，對著六十來個緊張兮兮的孫兒輩。

「喀！卡！嗯！」打掃喉嚨還是不能免的……

「你們這群猴死囝仔！行路都沒在看路，為啥無人撿到軍刀？目珠全放置褲袋內，不拿出來用哦？害伯公我七老八老囉，還要去別的所在找！唉！真正是歹命又歹運喔！」

來到宮城先生的臨時宿舍。兩個兒子孝順又守禮，恭候在門外，像盡責的侍衛。老保正大步跨了進去，緊抿著嘴，白鬍白鬚硬匝匝，一條條都是決定。

簡陋狹隘的空間，有著人在異鄉的寒傖，也有著孤獨奮鬥的昂揚。延請老保正坐上唯一的椅子後，宮城先生直接坐在床沿，期待中，有惴惴的緊張。

老伯公從腰後抽出軍刀來，「喀！」一聲，直接擺在木頭桌上，像在自己家裡放下煙桿子。老眼炯炯如火炬，直視著宮城先生，一字一音，力道萬鈞：

「視学様にご報告致します。貴方様の軍刀は失われたり、盗まれたりしたのではなく、ずっと机に置いてあります。よくご覧頂きたいと思います！」

（稟告梅仔坑的「巡學」，您的軍刀，沒有遺落、沒有被偷，一直放在桌上，請您看清楚！）

「はあ？なにをいってるんですか？」（啥？你說甚麼？）

宮城先生像爆炸一樣，跳起來，正要火力全開，卻被老保正的眼神逼住，一股強大的力道壓過來，壓得他身體一吋一吋縮下去、矮下去、跌坐下去。

但是，他的腦細胞全面覺醒了，神經網絡也咻！咻！飛竄，電光火石爆裂，幾千幾萬個意念在體內旋繞——他突然明白，眼前，這位白眉白鬚的老大人，費盡心思捍衛的，不只是梅仔坑的自家子弟；連來自日本的孤獨遊子，也張開羽翼，加以保護了。

來自父執輩的疼惜，讓宮城先生一陣心悸、也一陣感激。是的！只有這樣做，才不會兩敗俱傷。亂世裡，真相哪能追查？正義哪能苛求？真相或許都是表相；正義的背後，也常隱藏著不公不義呀！

「はい、軍刀はずっとここに置いてありますから、大丈夫です。お心遣いをありがとうございました。」（是的！軍刀一直放在桌上，沒問題，非常感謝您的費心。）

宮城先生用力點了頭，聲音既堅定又羞愧。

老保正起身，草鞋一併，沒「喀！」的一聲，但一樣用力又用心，彎腰傾身，鞠躬九十度：「宮城さん、どうもありがとうございました。もう大丈夫だと思います！」（宮城先生，非常感謝，我想是沒問題了！）

月亮不怎麼圓，在高高低低的枝葉間乍隱乍現，老保正挺直腰桿走著，額頭、眉眼及白鬍子，也被映得一明一暗。轉過彎之後，老人家腳步顛躓一下，兩個兒子立刻伸出手攙扶，一碰觸，嚇一大跳，老阿爸竟全身汗溼，冒著騰騰熱氣！

一切，真的都沒問題了嗎？

還有第二件——鼓吹年輕人去送死的事呢！怎麼辦？

能拖就拖的「拖」字訣，撐不了多久的。即使宮城先生不便再提起；上級的壓力，也排山倒海來了。

「三腳仔」畏懼老保正，不敢當面猖狂。但是，私下找麻煩，卻是他們的專長——軟性的拜託懇求，只是偶一為之的慈悲；硬性的威脅恫嚇，則是時時出現的霸凌。老保正的兒孫輩，像被跳蚤、蝨子、小臭蟲群起圍攻，倘若揮起拳頭對抗，會先狠狠地揍傷自己；若用指甲猛抓猛扒，卻只是越抓越癢，皮破流膿；完全不理會嘛！又會被咬得斑斑腫腫，不成人樣。

「三腳仔」之外，派出所的巡查、庄役場的大官小吏也一個個來了。這些人，可就不是跳蚤、蝨子而已，是齜牙咧嘴，會把人咬到皮綻肉開的山貓、野貍或土獾了。

最後，連梅仔坑的庄長也大駕光臨了。

日本官跋山涉水來到龍眼林村，當然不會只有一個人、只為一件事。宮城先生從梅仔坑街上，一路作陪，也一路說明。兩人先到國語講習所，檢視「山中奇葩」的培養成果。因為，九月底或十月初，就要全島大賽了。

庄長肥短的手掌伸進紙袋子，抽出一個個愛國題目，櫻子就一遍遍站上講臺，講出精準的用辭、熱血的內容；演出絲絲入扣的表情、激昂慷慨的手勢。

庄長滿意極了，用「六生英才」、「皇民教育的模範生」大大的誇讚櫻子，期待她奪下全臺灣島的冠軍；預祝她登上大輪船，橫渡太平洋，接受神聖天皇的表揚……

幾個月來，風風雨雨的摧殘，已磨減了女孩兒家的嬌嫩。櫻子沒有沾沾自喜，只用輕軟的道謝、微微的一笑，來領受無聊又無味的官方讚美。她瞄了一眼宮城先生，覺得他熱切的表情下，眼神卻很抑鬱。而邱信是緊張的，因為，他必須單獨侍候庄長前往阿順伯公家，必要時，還要充當稱職的翻譯。

老伯公率領全家，恭候在半路上。

一進門，庄長宣告的指令是：七月一日，開始受理海軍志願兵的申請，第一天就有十三萬人登記，現在，更是全島熱烈響應。梅仔坑其他十多村的青年，在各村保正的努力下，都懷抱著赤誠之心，繳出漂漂亮亮的愛國成績單。唯獨龍眼林村，到現在還沒半個人去登記。這一定是阿順保正不積極，沒正面鼓吹；至於，有沒有反面阻撓，還會詳細調查。所以，若不限期改善，全村會被嚴厲「督察」。

要如何督察呢？庄長說：戰時，雖然軍、警、政三方合體，但是軍方警方的事，他還是不便過問，更不可以透露風聲！

還有一件大事。庄長轉身，正對著邱信，語氣更嚴厲了：可以應徵入伍的青年，幾乎全在講習所上課，邱信講師沒有全力鼓吹，就對不起天皇、對不起父母國，所以，要好好想辦法「將功贖罪」！

日本庄長高八度的官腔官調，字字句句戳刺每一片耳膜。但是，有甚麼辦法？天空是他們的，怎敢不低頭、不彎腰、不憋氣過日子！

老保正行禮如儀，還是用一貫的溫馴、溫和來應對。子孫輩看在眼裡，痛惜在心裡，肝、肺、脊髓都要冒出汩汩的鮮血了。

官威施展完畢，庄長臉不紅、氣不喘起身要走人。伯公全家老老少少，恭送他離開三合院。

一大片竹篁下，小孤牛還是瘦巴巴，肚子兩側，一根根肋骨突突棱棱，像要刺穿牛皮。不過，喝了這麼多的救命羊奶後，牠已捱過鬼門關，既站得穩、走得動，也會嚼些嫩草吃了。

「おっ！梅仔坑に子牛がいるなんて珍しいな！」（喔！想不到梅仔坑還有小牛犢呀！）日本庄長停在牛寮外，用驚訝的口氣讚賞著小牛。小牛兒尾巴噗噗甩，一雙酷似牠阿母的眼睛，也對眾人凝望出溫和與信任。

「よし、ちゃんと育てて、もっと太らせたり、強く成長させたりして、偉大な皇軍兵士たちに……」（嗯！好好養牠，再肥一點、壯一點，偉大的皇軍就……）

「你去死，去死啦！你敢猜想！」一個小身影衝過來！一頭撞上庄長，用的是要把人撞進十八層地獄的蠻力。

「牛是我的，你免猜想！免猜想！」是小阿桐，像一頭發怒的小公牛，用頭牴著庄長的小腹向前推。抓狂的男孩，力氣真的不小，拳打腳踢，撲得庄長倒退好幾步。

邱信充當侍衛，橫過身，費了不小的勁道，才把一大一小隔開。阿伯與阿叔也搶過來拉，架住男孩瘦嶙嶙的胳膊往後退。阿桐死命掙扎，兩條腿被拖在地上，用力踢、用力蹬，蹬起一地的灰塵。他憤天怒地，眼淚鼻涕淌滿臉，隨著左甩右擺的腦袋瓜飛來濺去，全身扭滾，想掙脫開，再撲過去廝殺。

「夭壽歹人，你去死，你去死！」小孩子罵不出精采的髒話，只會咒著敵人去死。「免銷想我的牛！免銷想我的牛！」算是最慘烈的警告了。

一場混亂中，所有大人的呵斥，都蓋不掉小阿桐瘋狂的憤怒。

庄長滿臉赤紅，一身狼狽。但是，他聽不懂臺灣話，也搞不清楚為何被小男童攻擊。

阿桐被大人壓制了，坐在地上，還是驚天動地的嚎哭：「伊的阿母被你們害死了，你們還要剝伊的皮、吃伊的肉……伊和伊的阿母，兩隻，兩隻攏總是我的牛，我飼的牛！」

庄長的憤怒快炸開了。但是，這小孩子在哭喊甚麼？計較甚麼？不能不搞清楚。他整一整西裝，扶正了黑禮帽，乾咳幾聲來掩飾尷尬。接著，再看一眼邱信，冰冷尖銳的眼光，是嚴厲的逼問。

邱信鞋跟一併，立正，舉手齊眉，行出最漂亮的軍禮。鏗鏘有力的日語，從他高瘦的體腔迸射出來：

「稟告庄長大人：阿順保正的曾孫子阿桐，今年才十二歲。他哭著說，為何要滿十七歲，才能去應徵志願兵？您是偉大的梅仔坑庄長，為何不修改法規？阿桐是愛國的『日の丸』少年，他發自『內心的赤誠』，想要成為光榮的日本兵！他痛苦您沒修改法規，害他不能去應徵志願兵……」

空氣凍住了，聽得懂日語的人全部「啊！」了一聲，嘴巴張得大大的。唯有阿桐閉上嘴，哭不出來……

日本庄長並不笨，四周氣氛的凝結與詭異，他怎會感覺不出來？

但——與其追究自己不光彩的受辱，不如順勢歌讚皇民的愛國、帝國的威勢。他沉思了兩秒鐘，就走向老保正，彎身鞠躬，嘴角浮著感動的笑：

「保正前輩，您把曾孫兒教得這麼愛國，真是了不起呀！既然十二歲的男孩都想為天皇作戰了，青年一定可以全數動員起來。我等著看龍眼林村的優質表現了。」

說完，他抬頭挺胸，大步向前，鼻孔幾乎朝向天空。

邱信跟隨庄長身後，卻屢屢回頭，淚光閃閃。他不知道，當下的隨機應變，到底是救了或害了這一大家子？

老伯公微笑著，朝邱信豎起大拇指，曲彎、點了兩下，是對著好子弟誠懇的道謝。他是欣慰的。

小阿桐坐在門檻上，肩膀還一聳一聳強忍抽泣。老伯公俯下身，攬小小曾孫入懷，撫拍他瘦嶙嶙的背。

「阿祖！」阿桐喚了一聲，喉嚨又哽咽了。他知道自己惹下大禍，而且，絕不是屁股挨一頓藤條，就可以沒事的了！

「乖！乖！免驚！有阿祖！你無錯，無錯！免驚……」老阿祖喃喃唸著。

牛寮旁，濃密的竹篁，深綠狹長的葉子，擋掉了炙燒的日頭，熱風稍稍變涼了。小牛犢銜起一小撮嫩草，磨著牙齒嚼。嚼呀嚼！咕嚕就嚥下去。草當然沒有奶好吃，牠在等著，當天色暗下來後，老主母及小主人，一定會再提著香噴噴的奶，笑咪咪地餵給牠喝，讓牠慢慢長大。

願

夜很深很靜了！

圓圓的月亮，光光燦燦，像飛上天頂的大銀盤。但是，四極八方吹來的風，驅趕著一朵朵烏雲追它。追上了，一層層的黑紗就包上去、纏裹起來，困鎖住靈明澄澈的光華。慢慢的，大銀盤的光度弱了、亮度減了，變成一只平凡的陶碟子，暗淡又粗糙。但陶碟子怎肯認輸？它輕輕扭動，緩緩滾轉，掙脫了綑綁，磨掉了暗沉，一點一絲、一線一束，搶回自己原來的光燦。

阿順伯公噴著一嘴又一嘴的煙霧，在門埕的晒穀場上踱步，一圈又一圈，一夜又一夜。半個月來，他夜夜如此，沒人勸得住他，也沒人敢打擾他。七十多歲、身經百戰的長者，陷入最痛苦的掙扎。

他絕不會鼓吹年輕人去送死，但是，日子在逼近，壓力在逼迫，龍眼林村已快被擠破壓垮了。

他抬頭仰望穹蒼：月亮滿了會缺，缺了會滿，就像花開花謝、日落日升一樣。問題是一條條年輕的生命，沒有循環、不能重來！死了就滅了，徹徹底底消失，永遠都回不來。

「伯公！阿順伯公！」夏夜裡，一片風聲蟲聲，想不到竟然出現人聲。

老人家沒重聽。不只沒重聽，頭一歪、耳朵一側，就抓住聲音的方向、分辨出聲音的主人，更聽出了強烈的惶恐。

「阿招！是你哦？來！入來坐！三更半暝，你無去睏，還出門趜趜趖。戇囝仔！你不怕腳底一滑，就摔入去寒水潭。舊曆七月要到了，鬼門關一開，所有的妖魔鬼怪，相爭要投胎轉世，會出來『捉交替』，你不驚被抓去做替身哦？」

凡是梅仔坑的子弟，都算自家的兒孫輩，伯公用一貫的熱情與幽默來安撫阿招，好像甚麼事都沒發生過。

阿招縮著肩膀，低著頭，斜拖著兩隻腳，一步一拖，一拖一羞慚，跨進院子來。破爛的衫褲唏唏簌簌響，不知是山風太大？或是他身子在抖？

伯公雖然瘦了，黑臉還是方方正正。月光從烏雲鑽出來，照得白眉白鬍子，閃閃如銀。

他兩眼垂視、衣袂飄飄，笑呵呵伸出大手掌去牽阿招。

這一牽，阿招雙腿一屈，跪了下去！

「伯公……我、我……」

「喔、喔……錯已錯過去了，勿要再犯就好。再犯就無救了，知曉否？戇囝仔咧！」

伯公搶扶起阿招，沒追問任何原因。山中的孩子，不會有九彎十八拐的奸巧。偷刀，不會為了要殺人、害人，絕對是為了要救人——救自己或救別人。銅、鐵、錫……像樣一點的農具，都被搜刮空了，阿招，這麼憨直的孩子，一定只是想找把好刀，打拚工作，讓自己及家人活下去！

「伯公！我……我知，我勿會再……」阿招聲聲哽咽，他知道伯公冒多大的危險，替他擋掉甚麼。這一輩子，假若還有未來，都是伯公給的了。

「你偷偷溜出來，你的阿爸會操心，趕緊返回去。有話，另日再講、另日再講！」

老伯公推著阿招往外送，直直推到院落外。

阿招原本是要全招的。這下子，連講都沒機會講了，他囁囁嚅嚅，被逼著向外走。

走了一段路了，他又回頭跑過來，有點喘、也有點興奮，但一字一句，清清楚楚：

「伯公！兩日前，我已經去庄役場登記。咱們龍眼林村有人應徵志願兵了，做官的勿會再找你麻煩，您自己也免再操煩囉！」

老伯公怎麼可能不操煩？

天未亮，他就下山，上梅仔坑大街去。

庄役場，登記龍眼林村志願兵的欄位，他看到「陳招人」排第一位。而且，真的招來許多人，有十來個，每個名字的背後，都有一段被伯公疼過、救過、或接濟過的故事。

其中，有三個是伯公自己的親孫子。還有一個，名叫——邱信。

午後的演講練習，宮城先生很認真、櫻子很努力。但是，繃得太緊、拖得太久的操練，讓兩人都有些疲憊了。還好，他們各自找到支撐的力量。

東京大轟炸，炸掉了宮城先生與家人的聯繫。夜裡，他生死未卜的妻——東京的櫻子，一身緋寒櫻的幽香，兩手牽著他們的親骨肉，笑語盈盈入夢來。天未亮，天倫夢卻已醒，只有妻子贈別的和服，依舊春花燦爛，陪著他孤坐歎息。

淚已乾，家已杳，他唯一剩下的，只有浴在戰火中的「國」了！為了國，再苦再累也要撐下去，他要讓梅仔坑的櫻子，變成皇民教育的奇葩，這是他心心念念，報效父母國的赤誠方法。

而再怎麼疲憊，櫻子從不叫苦也絕不喊累。一週三次的練習，宮城先生綳著日本長官的架勢，永遠目不斜視、心無旁騖。而老伯公是村子裡的保正，最近雜事多，哪能次次來陪？「天賜良機」呀！櫻子和邱信總是提前幾分鐘到講習所，把寫好的日文情書，偷偷傳遞給對方；把洶湧的熱情，隔著好幾排座位，用婉轉的臺灣話說給對方。他們守著男與女、師與生的戒律，提吊忐忑的心與膽，追求青春的彩虹、無悔的美夢。

黃昏時，演講練習才結束。為了躲避風言風語，上夜課前，兩個小情侶還是要暫時分開。

就在這時候，老伯公從梅仔坑大街趕回來了。

跋涉那麼遠的汗路，老人家卻不停、不坐、不喝口涼水；甚至，沒看他最疼愛的「死查某鬼」一眼。大步直直衝進教室，手一抓，狠狠揪住邱信的領口：

「我七十外歲了，再活有多久？再活有多久？為啥要為我去送死！去送死！」

邱信嚇一大跳，高瘦的身子一屈，頭垂低了，不敢正視老伯公。

「不是！不是！伯公，我……我……」

「還強辯、還講不是！我就不相信，我教出來的子弟，人不做，願意去做禽獸。」

烈焰燃燒著大黑臉，是既疼又痛、既悲又怒、既憐又氣的熊熊大火。

「上戰場，不是去刣人，就是被人刣！你們這群猴死囝仔，知曉否？知曉否？」老伯公擒著邱信，晃搖他，聲聲淒厲。

在一旁的櫻子也嚇到觫觫抖。天呀！邱信，她的邱信，也去登記志願兵？

他為何不講？一路艱辛走來，有笑有淚、被嘲弄、被抹黑……她覺得已和他這麼親近、這麼相愛，他怎麼可以不講？

一切不是都計劃好了嗎？不是再過些時候，就要請阿順伯公到她家提親嗎？不是在全島演講比賽後，就用花轎來抬嗎？甚至，為了出嫁時，能租借到好看的紅衫與喜裙，她也願意低下頭，去找嘴賤心狠的媒婆阿旺嬸和解了……

啊！邱信呀邱信，去登記志願兵，會生離死別的，你怎麼可以不講？又為了甚麼不講？

「我一條老命，值得你們十幾個少年家去換嗎？」老保正擋得住一切，卻擋不住好子弟要去送死！

「伯公！咱們龍眼林村，總不能無人去登記啊！」

「你們白白操煩啥？我老了，做保正也已經做半世人。日本人再怎樣『橫柴拏入灶』，也不會關我，對我用重刑。」老伯公鬆開也推開邱信，知道他的善意、也憤怒他的愚蠢。

不會用重刑？真的嗎？

邱信心一痛，伯公呀！你比誰都清楚，日本巡察還有甚麼事做不出來？只要找到一點點碴，就可以抓人進派出所。紮在制服上的皮帶一解下來，就是俐落的鞭子，運氣再壞一點，巡察握的是皮帶尾，那麼，皮鞭加上銅環，絕對可以讓人去掉半條命……伯公！你再怎麼勇健，也七十多歲了呀！

「我是長輩，活夠本了，我怎忍心看你們白白去送死？」再怎麼忍，也忍不住了，伯公赤紅的眼眶狂冒出老淚，奔流在一條條歲月的刻痕上。阿招、邱信、三個親孫子，與其他五六個年輕人，一個個都應該有人生、有未來。他們的人生與未來，不應該終止於莫名其妙的戰爭呀！

「伯公！我是老師，我和您一樣，也不可能鼓吹自己教的學生去送死哪！」

那一天，庄長來到龍眼林村，所下的最後通牒，不只對老保正，也對小講師呀！更何況，為了救小阿桐、為了替老伯公解圍，他對庄長撒了漫天大謊……

邱信的淚一顆顆滑下來，他深深望了櫻子一眼：這麼大、這麼痛的決定，不是不願講，是不能、更不忍告訴妳！

櫻子承接了邱信的眼波，也滾滾落淚了。眼前這兩個男人所承擔的痛，她全懂。但是，懂了，又能如何？只能寄望蒼天對他們仁慈一點。

「好佳在！這次登記應徵志願兵，大概像前兩回，也是數十萬人選一千個，機會非常非常小，不是一登記就要出征。伯公，您先勿要太操煩啦！」為了阻擋悲憤蔓延，櫻子抹去眼淚，刻意抬高理智的語調。

說完，她回眸凝望邱信，喊在心裡的聲音激動到沸滾：「人呀！我會逐日燒香，拜天、拜地、拜祖先、拜四方眾神明、拜過往的好兄弟，祈求你勿要被挑中。」突然，又慚愧自己太自私了，臉一紅，心底補上一句：「喔！也祈求所有梅仔坑少年家，都勿要被挑中……」

聽了櫻子理性的勸解，伯公點點頭笑了，笑得很慘傷：「是呀！這是最後的希望了。希望你們這十幾個子弟，不是沙眼，就是皮膚病；就算罹了『麻拉里亞』，也暫時無要緊。只要你們的體檢不及格，就免去做海軍、免下南洋，免白白為日本人送死！」

昭和十八年（一九四三）七月二十二日，登記截止。軍方發表聲明：臺灣殖民地青年對天皇赤誠崇敬，對南進戰爭熱烈支持。所以，實需海軍志願兵三千名，應募者高達三十一萬六千零九十七人。

緊接著，就是嚴格，喔！不！是嚴苛的身家調查、身體檢查了。

世世代代在山裡面討生活，身家當然清白；汗路、風雨、烈日鍛鍊出來的體魄，也不會有甚麼傳染病。所以，龍眼林村十來個青年，體檢全數過關。

過關之後，還有學科筆試、語文面試雙重測驗。最後，十多個龍眼林村子弟中，有兩位被挑中。

第一位，竟然是——阿招。

筆試與面試，阿招當然招不出好成績；但是，海軍要搶灘攻堅、也要登陸戰鬥，非常需要體能特佳、野外經驗豐富、求生能力超強的陸戰人才，就這樣，阿招雀屏中選，成為光榮的日本兵。

庄役場的人員把證書送達時，阿招不在家裡，正滿山遍野覓食，想餵飽一家人。他的阿爸坐在屋簷下，用浸溼的稻草稈，編打著草鞋。兩隻手接過阿招的「光榮」，他先是一愣，接著，咧開黑嘴坑呵呵大笑，兩大串眼淚隨著笑聲噗！噗！震落，還補上一句俚語：「雞屎落土，也有三寸煙」。意思是說：再怎麼卑微下賤的東西，也有它獨有的效用及價值。只可惜，沒人聽得懂；更沒人搞得懂，這位又哭又笑的老阿爸，究竟是在謙卑或得意？

第二位，是——邱信。

這一陣子，櫻子真的一大清早就燒香，拜天、拜地、拜祖先、拜神明、拜好兄弟……但是，怎麼拜都沒有用，挑選志願兵的，不是天地鬼神，是日本軍人。

軍方點名要了邱信，因為精通臺語、漢文、日文的人才，真的太難找了。儘管邱信的體能普通，戰鬥能力不強，但軍隊又不是一天到晚作戰，何況，攻心勝過攻堅，語言、文字的力量，絕對不會比子彈、手榴彈差。

人選確定了，所有相關的人都不能崩潰，不只不能崩潰，還要歡欣鼓舞去慶賀及接受祝賀。所有該做的事，還是持續要做，不能停、不許變，包括午後的演講練習、晚上的國語教學。

大正、昭和時期，凡是重大命令、重要消息，從臺北的總督府，下達「臺南州」，連結「嘉義郡」，再傳往「梅仔坑庄」的山村，以日本人嚴格又嚴密的行政體系，是可以在二十四小時內收發完成的。

九月二十四日，官方傳來了三件大事。

第一件，針對即將入伍的邱信與阿招：十月一日，入選的三千位臺灣殖民地青年，先到高雄左營的「海軍兵志願者訓練所」集訓。訓練完，編入「海兵團」，出海作戰。

第二件，針對代表臺南州出賽的櫻子：十月二日，全島「國語演講比賽」在臺北文武町的臺灣總督府舉行。

第三件，也是最大最重要的，針對所有臺灣人民了：自昭和二十年（一九四五）一月起，全臺灣全面實施徵兵制度，所有役男都要為天皇出戰了。

前兩件是預料中的結果；後一件，則是意外中的意外了。這個大意外，對臺灣絕對是傷筋剉骨，但還有一年多的緩衝期。櫻子及邱信，卻剩下不到七天。七天後，馬上面對生離，生離之後呢？會不會變成死別？他們連想都不敢想！

演講比賽快到了，宮城先生等好久，好期待呀！

他的心情，是升上帆、鼓滿風的大船，就要快樂出航去，迎接勝利歸了。因為，櫻子的狀況好到不得了——演講的題目離不開愛國，愛國離不開戰士出征，只要一提到軍事訓練的艱辛，她的眼珠立刻蓄滿盈盈的清淚；一講到戰士在沙場搏擊敵人、對抗死神，她會渾身發抖，好像也在拚鬥廝殺；而談到戰士們為國捐軀時，她會痛苦到像被千刀萬剮，一聲一落淚、一淚一哀啼……

晚上，講習所內還是上著「國語」課，平日的風言風語停息了，大家對即將走下講臺、走上戰場的邱信老師，有更高的崇敬與不捨。而且愛屋及烏，對櫻子也寬容慈悲起來。至於阿招呢？自從鑽出娘胎後，所有上天少給的、欠他的，不管有形或無形的，現在，似乎都給足了、補全了，他英姿煥發起來，不猥瑣、不瑟縮了。

離情依依呀！邱信用他美好的歌喉，帶著學員們唱他教過的兒歌，一遍又一遍。〈桃太郎〉、〈案山子〉、〈鳩〉、〈人形〉、〈ひよこ〉、〈カタツムリ〉不停的唱，唱到大男人變成了小綿羊，青春女化身成小白鴿。戰爭的殘酷、死亡的陰影，都被趕出腦海，丟到教室外面了。

還有軍歌：〈日之丸行進曲〉、〈荒鷲之歌〉、〈大東亞決戰之歌〉、〈空之勇士〉、〈廣瀨中佐〉、〈日本陸軍〉……不能不唱呀！即使教室內的學員們教不懂、學不會；但是，那個花兒般的好姑娘，她懂的、她會的！她不只會，還會得徹底，徹底到曾經拿出來演講，演講到獲得勝利……

唱呀唱！邱信心一橫——啊！管他甚麼軍歌、管他殺人或被殺、管他軍國主義、管他皇民不皇民、管他教育不教育！我的好姑娘，只剩這幾天了，這幾天還可以悄悄看妳、幽幽聽妳。再來呢？妳在遙遠的山頂，我在茫茫的大海，何時能夠再見？再見時，會不會天已老、地已荒？會不會人事已全非？

啊！不！童歌一點也不幼稚、軍歌一點也不殘酷，它們是我的歌，會唱的歌。從前，我在竹林外唱；現在，在教室內唱；未來啊！未來，我的好姑娘！無論我在哪裡，即使是另一個世界，我也會為妳高聲歌、大聲唱……

邱信真的高聲在歌、大聲在唱，一首接一首，一遍接一遍。學員們不一定懂歌詞，但一定懂旋律——那種鼓吹勇敢殺人、英勇被殺的旋律，真的是千篇一律！

即將出征的邱信，卻把硬幫幫的千篇一律，化成了千萬情意。他的聲音像鋼鐵、眼神像春水。當然，鋼鐵只是包裝；溫柔才是內餡。每一首烽火戰歌，都是他與櫻子的定情之歌。只剩這幾天了，怎能不唱？要唱給青春歲月，獻給唯一的知音！

還

剩六天、剩五天、四天、三天……啊！只剩兩夜而已。

講習所內，邱信還是帶著大家複習兒歌、高唱軍歌。一年來的相處，從「阿、伊、嗚、耶、喔」（ア、イ、ウ、エ、オ）五十音教起，連阿招都不再是文盲了。而認真的好老師卻要走了，這一走，不知道能不能回來？很多人噙著淚，開始有點後悔了，後悔沒好好念書、後悔嘲笑老師與級長的戀愛。出生在山村、成長在野嶺，他們沒有甚麼娛樂，最大的娛樂，是酸言酸語射向別人。但是，嘴巴壞，心腸不一定就真的壞！

還是要放學，還是要回家的！櫻子走在前，邱信保護在後，隔得很遠、走得很慢，天地漆黑，火把微弱，他們向宇宙搶時間、向洪荒借空間。不能真的牽手，他們卻一步一相攜。

快到家了，櫻子幽幽停下腳，轉過身，黑暗中，彼此凝望了好久好久。換邱信轉身，默默離開。櫻子目送著，看著瘦高的身影被黑暗吞沒，她的心全碎了……

「櫻子！櫻子！」有人呼喚她。

「是我啦！免驚、免驚！妳若無做歹事，就免驚！」滄桑粗糙的老音，太熟悉了，還是帶著一貫的尖酸刻薄。但在這最悲痛的時刻，已嚇唬不了櫻子。

「阿旺嬸！是您。」櫻子還是開口喊了媒婆一聲，那是梅仔坑的好習俗、女孩兒家的基本禮貌。

後天，就要與邱信大涯相隔了，今夜，嘴賤的媒人婆是不是故意跟蹤？有沒有看到小情侶一路相送？櫻子已不是很在意。

「櫻子！嗯！我是來……嗯！我是來向妳……」媒婆反常了，平時撒起野來，叉開兩腿，一手插腰，食指戳向別人的額頭，一剌一咒罵的潑辣，今夜好像減弱了。

但是，罵大街的狠勁雖然沒了，她也不想太窩囊：「嗯！我是想……想妳要去臺北比賽，阿信也要出海下南洋，你們兩人，有可能永遠……」

啊！這媒婆在幹嘛？山上烏鴉已經那麼多了，她還來嘎嘎叫，亂觸霉頭？

「阿旺嬸！莫要黑白講。」櫻子打斷烏鴉嘴，表情與心情都波瀾不驚。相較於明天的別離，眼前的任何事，都是雞毛蒜皮，不值得她掛心。

「失禮啦！我無歹意，我真正無歹意！」

咦！逞強鬥狠的媒婆，竟然開口向晚輩道歉？但還是越說越離譜了：「我一直在煩惱，你和阿信，永遠沒機會再見面囉！若按這樣，妳的……」

都甚麼境地了，這惡婆娘還在詛咒？櫻子煩了，向前一衝，想擺脫糾纏：「借過一下，我累了，想去眠床睏了！」

「喔！是啦！你們兩人一路行真慢，又拖真久，莫怪妳會累哦！」

牛腿馬腳全露出來了！這心狠的媒婆，果然是在跟蹤、在窺探。只剩明天了，為何還苦苦相逼？櫻子鼻一酸：「阿旺嬸呀！我求您、拜託您勿要……」說不下去，喉嚨哽咽住了。

媒婆知道誤會人了：「我來，並無歹意，真正無歹意！」急得半死，乾脆豁出去，不再遮遮掩掩：「我真失禮！對不住妳和阿信啦！我一直黑白亂講話，害你們被眾人指指戳戳……妳是好查某囝仔，千萬勿要和我這個闊嘴婆計較呀！」

她罵自己是闊嘴婆，她坦白自己亂講話，她真的是在誠心道歉？但是，只剩明天了，這道歉已經不重要，也不需要了！

「阿旺嬸！我無要緊，您勿要責怪自己！」現在，她只想脫身進房去，一個人好好地、靜靜地想他。

媒婆靠了過來，捧起櫻子的手掌，塞回了一個東西：「失禮啦、失禮！我對不起你們，真正是對不起你們！」

阿旺嬸一轉身，快步走了。她感謝今晚沒有月亮，黑暗中的道歉，可以自然一點，老臉也比較掛得住一點……

獻

最後一天了。

分別前的劇痛，砸碎了每一分每一秒，梅仔坑的山山水水全被擠扁了，花草樹木歪扭了，甚至每一張熟悉的臉，全部變了形、脫了樣。

演講練習、日文上課，對櫻子及邱信，像兩場接連的春夢。悠悠忽忽、恍恍緲緲，是最後最美的沉醉，不能醒也不願醒！醒來的世界，怎會善待小小情侶？

最後一次相陪相送了！

還是櫻子走在前，邱信保護在後；還是隔得很遠、走得很慢；還是天地漆黑，火把微弱……

還要再向宇宙搶時間？向洪荒借空間嗎？櫻子一聲聲一遍遍問自己——今夜、只剩今夜，最後的一夜；明日、明日將天各一涯，為甚麼還不能牽手？為甚麼還不能真正相擁相攜？

人生只活一回，相逢只在今世！有第二回嗎？有來世嗎？誰知道？是呀！恐怖的指指點點算甚麼？綁死人的規規矩矩管它的！今夜，只剩今夜，明日以後，他能回來嗎？回來後還有未來嗎？

啊！不管了！管不了那麼多了！只剩今夜，就只有今夜了！

蟲聲唧唧的汗路，櫻子突然停下腳步，轉身回頭，迴轉千絲萬縷的情緣，繫於此生、定於今夕。她緩緩走向邱信，一步一堅定。

邱信懂她、也淚眼迎她。習習秋涼，滌盡了塵俗的喧囂。他伸出手牽她、握她，緊緊擁她入懷，是今生今世第一次擁抱，卻是千年萬載般的熟悉。

他們攜手走向望風亭旁的竹林——熟悉無比又絕對隱密的地方。

無月的夜，天頂是一大疋溫柔的絲綢，中央拱起一些、四個邊角低垂下來，綴著金黃的流蘇，像極了新娘子的蓋頭。

櫻子！我的櫻子！邱信呼她喚她，輕柔低訴的語調，卻是撕肝裂肺的痛楚與淒惶。他也哭了，淚珠一滴一滴墜落，濡溼了她臉頰：我不一定能返回來！

不！你一定要回來，為我回來！

昔日的矜持，是花蕊含苞的嬌羞；今夜的堅定，是孤注一擲生命的芬芳。她熱情，也勇敢。兩個敏銳的身子，不只要摘取青春的果實，也要鐫刻永恆的印記。

沒有媒妁之言、沒有納采送聘，所有應該有的，一項也沒有。看不見的天、遠一點的山、近一點的竹，青草、落葉、竹籜鋪成的大地。只要人對了，所有的不對，也就全對了！

啊！山川作證、江河為憑，今生來世，絕不負卿！

他吮吸著錦繡幽香，一分一吋，交換了彼此，只盼留住永恆。天地悠悠，歲月匆匆，就因為擁有這一刻的圓滿，而今而後，不憂月缺，不愁花殘了！

漆黑溫柔的天空，鑲嵌著億萬顆星星，每一點藍白光芽，都閃爍著希望與絕望、交替著快樂與痛楚。

人呀！為我回來！不准死在外地，不准當孤魂野鬼！為我回來！答應我！

是的！今生來世，絕不負卿！絕不負卿！

送別

昭和十八年（一九四三）的十月一日，整個梅仔坑漫漫滾滾，全是愁煞人的雲霧。那是生離死別的日子。

清晨，邱信、阿招、櫻子，三個龍眼林村的光榮，同時出征了。男的下高雄，當天入伍；女的上臺北，隔天出賽。

幾乎是全村、全庄送行的大場面。鄉親父老，用激動的笑臉祝福戰士，頭一轉，疼惜的眼淚卻撲簌簌掉落。畢竟櫻子的比賽只有勝負，戰士的出征卻攸關生死。

汗路的中心點——望風亭，變成了送別的驛站。從大坪村街心一直到亭外，男女分開，人人揮舞「日の丸」、「旭日軍旗」，夾道歡送，簇擁三個人一步步離開家園，走向不能預料的未來。

亭子裡，阿招的阿爸一張臉紅貢貢、汁淋淋，大氣小氣喘不停，因為他半途折返回家，再十萬火急奔過來——奔過來遞給兒子一雙草鞋，親手編織，很牢靠的好鞋。

全身戎裝的阿招，推了又推、擋了又擋：「阿爸！您、您留著穿、留著穿！我有鞋、有鞋穿囉！去到軍中，更加有金爍爍的長統皮靴，您免操煩啦！」說著說著，頭一低，淚也滴下來。

「你帶去，沒穿，再帶返回來！」節儉又固執的父親，使勁把草鞋往兒子懷裡送，動作很急切。

怎能不急切？要離家的，是他的長子，是祖公祖嬤親血親骨的子孫！

兒子一出征，貧困的陳家就變成「光榮軍眷」，米布油鹽的配給將會多一些，日子也會好過一點。但是，兒子的命只有一條，會不會也被配來配去，就被配給掉了？兒子那麼乖、那麼聽話！家窮，自己只好替人當牛做馬；兒子也一直陪著做馬當牛……兒子第一次出遠門，卻連一雙草鞋都捨不得帶走！

「阿爸，真的免穿草鞋！您留著、留著自己穿！」兒子左閃右躲，用手掌擋著，還在推阻、還在拒絕……

「囉哩囉唆！叫你拿，你就拿！」阿爸拗不贏兒子，發起狠，粗聲粗氣呵斥：「不拿，就是嫌東嫌西，就是不孝！」呵斥到「不孝」兩個字，喉嚨一緊，聲音哽住了，當眾就淚崩淚流！

另一個父親——邱信的阿爸，自從聽到兒子要上戰場，就不哭不笑、不言不鬧，整天呆呆坐著，像一根大霜後的枯木。分別的日子到了，體力透支的他，還是硬撐著，一路送到望風亭。

看到阿招的阿爸拿出了草鞋，他才警覺，天呀！竟然沒替兒子準備禮物。慚愧中，又想到兒子上學三年、忍餓挨罵三年，卻拿到第一名的「郡長賞」，後來教書養家、也沒半句埋怨。

但是，假如……假如當時兒子乖乖聽話，不去讀甚麼日本書，不當甚麼「國語講師」，今天就不必離家、不必出征、不必去殺人或被殺。都怪兒子不聽話、都怪兒子自作主張。

兒子要走了，今天的別離，只是生離而已嗎？萬一是死別呢？誰能還給他一個兒子？他骨肉至親的兒子？邱信的阿爸心如刀割，卻越割越氣、越氣越恨。只是，風打身、雨打臉的莊稼漢，哪敢恨天？哪敢怪地？哪敢罵日本人？多日來的鬱抑與傷痛，終於不可控制的傾倒在兒子身上：

「讀啥冊？讀啥死人骨頭？讀冊！讀冊！讀到要去替人死了！我養你大了，你卻去替人死，替人死！」火藥庫爆炸了，痛苦又憤怒的父親，像困在籠中，衝來撞去、頭破血流的野獸。

說者無心，聽者有意，那句「去替人死」，像淬了毒藥的利箭，「咻！」射中阿順伯公的心臟，他老臉扭曲了……望風亭下是萬丈深谷，他好想縱身一跳，當場向兩個傷慟的家庭道歉。

「伯公！阿順伯公！」

是邱信！瘦瘦高高的身、誠誠懇懇的眼，對著老伯公彎腰，九十度大鞠躬。

「我和阿招自願為天皇出征，兩家就拜託伯公您多多看顧了！」

一手拉拔大的子弟，太了解伯公了，託付重擔給他扛，老人家才有不枯不絕的力量。

兩個悲痛的阿爸、一個愧疚的伯公、一群淒淒惶惶的鄉親，阻擋不了事實、也改變不了命運。豔紅的綵帶，斜斜披在戰士身上，掌聲中、淚眼下，他們走出望風亭。兩人都頻頻回顧，回顧故鄉的山與河，回顧山河中淚流滿面的至親。

印記

轉過山坳，看不見戰士的身影了，換櫻子啟程。一路要護送她去演講比賽的，是阿順伯公及宮城先生。樸實的父老也是送上祝福，但是，聲量及心情都低落了。

撇開眾人後，櫻子一心一意，只想追到前方的邱信。她走得很急，趕得很快，一下就看到兩人的背影。

看到了，就放慢腳步，癡癡望著：人呀！我的人！

「阿信、阿招，稍等一下！」阿順伯公、宮城先生趕了上來。啊！五個人，正是幾個月前，送櫻子下山看醫生的隊伍。

宮城先生緊緊抿著嘴唇，一直不說話。剛剛在望風亭內，他第一次為自己是日本人而感到羞慚。當然，那羞慚像流星，一閃一滑就消逝了。他警惕自己，今天的旅程，山遙水遠，千萬不能分心呀！

一樣在「日の丸」、「旭日軍旗」的揮舞中，搭上了製糖株式會社的五分小火車。鐵輪磨擦著鐵軌：「跡恰、跡恰、跡恰……」同樣的韻律，碾過回憶，駛向未來。

關不下來的車窗，吹亂髮絲、更吹亂離愁，櫻子望著前座，望著生命裡最重要的男人。他一離去，春花秋月都將黯淡、良辰美景也變虛設了。

來自背後幽幽的目光，讓邱信沉浸於溫柔、也淹沒於感傷。櫻子已是他的人，卻是他無力保護的女人。那身小小的軀體，要承受多少重擔？她孤單面對的未來，或許比上戰場還艱鉅、還凶險！

怎捨得下？怎離得開呀？昨夜的溫存不遠，未來的命運卻難測，此時此刻，又在眾人的監視下，哪能傾訴衷腸？

啊！不行！不能灰心頹喪。出征的兵是男子漢，要給她力量、要給她希望！

但，要怎麼給希望？怎麼給力量？眾目睽睽下，如何能交換生命的密語？

邱信伸手進口袋，輕輕拿出手巾——那條從媒人婆手中，歷劫歸來的手巾。昨夜，在竹林內，纏綿繾綣之後，櫻子含羞又含淚的捧給他。那桃紅小花、翠嫩柳芽的布面上，已留住少女貞潔的印記。

無以贈君，憑此相憶！櫻子多希望那是傳說中，可以替心愛的人擋掉槍彈、遮滅炮火的「千人針」！

現在，手巾摺疊得整整齊齊，印記被隱藏得安安妥妥；小小的方布，只露出「末永く平安でありますように」（天長地久、祝君平安）幾個字。邱信捧在手掌，用眼睛摩娑著一針一線，然後輕輕舉起，舉向額頭與眉心，還是用假裝擦汗的動作，讓後座的櫻子看到，也知道：今生來世，絕不負卿！絕不負卿！

邱信的身邊坐的是阿招，第一次搭五分小火車，第一次與仰慕的女子靠得這麼近，他緊張又興奮，甚至感動又感恩。雖然，他也確知：櫻子的心思，完全沒放在他身上。

但是，很意外的，他的肩頭被輕輕一拍，是來自後方，強韌又溫柔的手掌。他哪敢相信？哪敢回頭？怕失禮、也怕在做夢！

又是輕輕的一拍，不是做夢了！但可不可以回頭呢？回頭會不會得罪她，又被哼鼻子、瞪白眼呢？

「阿招！多謝你在我肺炎時，救我去看醫生！」

是她！是他的女皇在說話，而且，語調輕軟，沒在生氣，阿招感天謝地起來了！

「是我歡喜做的，妳、妳免客氣啦！」十八年來，第一次與她對話，阿招忍不住轉過頭了。這一回頭，就直視到櫻子的眼睛——汪著兩潭春水的眼睛。

盈盈春水裡，迴盪著千言萬語，最後，溢出岸來了：「阿招！你身體比較勇壯，要照顧好教咱們讀冊識字的邱信老師喔！一切就拜託你了！」

那一聲拜託，雖然拐彎抹角，卻讓前座的兩個男人，同時都掉下淚來。

阿招點了點頭，很心酸，但還是喜悅——畢竟，女皇把最愛的人託付給他了，還有甚麼比這個更光榮、更重大的了！

「大埔林」車站到了——五分小火車的終點，卻是鐵路縱貫大線南下北上的起點。

北上的火車先來，櫻子隨著阿順伯公、宮城先生登上車。月臺上、車窗外，兩個出征的戰士為她送行。

阿招用雙掌圈成喇叭：「さよなら！さよなら！」（再見！再見！）一聲聲都字正腔

圓了；而且，都是從肺腑裡暴衝出來的聲量。

邱信一隻手握著手巾，握著青春與愛情的印記，緊緊摀在胸口；另一隻手高高揚起，猛揮又猛舞，也用最高亢的聲音：「再會！再會！」「再會！再會！」……

櫻子！我的櫻子，我答應妳，一定回來，回來與妳再相會！

出征

昭和十八年的臺北城，對深山裡長大的櫻子，簡直像魔法師變出來的幻境。但是，寬直的馬路、矗高的大樓、湧來湧去的人潮、叭叭響的汽車，被她攝進眼眸時，已褪盡了繁華，少掉了意義。

她的心還貼著一身戎裝的邱信，不止留在大埔林的月臺，也搭上開往高雄的火車，再進入左營的海軍基地。她看得到邱信眼窪的清淚、摸得到他背脊的顫抖、也承受了日後加在他身上的訓練。

是呀！要演講比賽了，但邱信走了，老伯公啞了，宮城先生條條神經都拉繃到快斷裂，誰會發現櫻子的魂魄根本沒跟來臺北！

國語演講比賽的會場，就是皇民教育的競技場。肅殺的氣氛中，代表五州三廳[32]的選手一個個就定位，先抽號碼，決定排序，即席演講時間是殘酷的十分鐘。

秋涼瑟瑟，選手的額頭卻是汗珠點點。阿順伯公坐在臺下，神態內斂，對這場比賽的勝負，他不忮、不求、也不拒。皇民教育的劇本不管怎麼編、怎麼寫，他只期望櫻子演出時，腦筋是清醒的。雖然，清醒有代價，這一回，不再是玩耍、不可能有快樂了。

他老眼炯炯，看出櫻子是從容的、優雅的，有豁出去的灑脫，甚至還隱藏一種剛烈的決斷。他又有些憂心了。

櫻子抽到的題目，卻讓宮城先生很開心——「出征勇士」。

要上臺比賽了。櫻子起身離座，對著兩個揪心揪腸的大男人，燦然一笑。

阿順伯公心一凜，覺得山風野雨當頭罩下！因為櫻子的笑容裡，飛閃著一抹滄桑，滄桑

[32] 日治時代的州廳時期（一九二〇—一九四五）：臺北州、新竹州、臺中州、臺南州、高雄州、花蓮港廳、臺東廳、澎湖廳。

中，夾藏著難以言喻的荒涼——那不是青春十八歲該有的，我的死查某鬼呀！

宮城先生微微頷首，莊嚴答禮。他欣慰著，認定櫻子的微笑充滿力量，那是奇葩對灌溉者的允諾，也是花香將要傳遍人間的宣誓。

櫻子開口了，一開口就震撼全場，不是因為明眸皓齒、不是因為字正腔圓，是她幽幽訴說的神情、石破天驚的內容：

「我是新娘，出征勇士的新娘。兩天前，滿懷傷痛與期望地出嫁了。沒有嫁妝，沒有祝福、更沒有穿上嫁衣裳；瞞著父母弟妹，瞞著村莊父老，只因為，我深愛的人隔天要出征，將踏上無情的戰場……」

櫻子！妳在講甚麼？老伯公張大嘴坑，連「啊！」的一聲都叫不出來——我的死查某鬼呀！勿要亂開玩笑，莫為了這場混帳比賽，賠掉了女孩兒家一生的名譽！犯不著、划不來！知道嗎？

宮城先生一震，心裡暗暗喝采——對！對！別人演講這種題目，不是聲嘶力竭的吶喊，就是聲淚俱下的歌頌，評審聽都聽膩了，怎會有好成績？加油！櫻子！針對人類愛聽故事的本性，採用女性溫柔的攻勢，可以無敵不克、無堅不摧，好好講下去吧！

瞥見了阿順伯公滿臉的驚愕，櫻子心一酸——伯公啊！伯公！我絕對不願欺瞞您的。我的人生大事，您怎麼可以缺席？我想過千遍萬次了：出嫁時，一定要請阿順姆婆來挽面、插頭花，要領受她賜下的祝福：「新娘挽面光鮮，出嫁幸福年年」、「頭插鮮花花正紅，孝子賢孫生滿堂」。拜別祖宗與阿爸阿母後，還要向老伯公盈盈下跪，叩謝您護我、寵我，把我疼到骨子裡去。花嫁日，新娘子沒有不哭的；送嫁的人也都會哭，高高興興、快快樂樂、熱熱鬧鬧的哭……伯公！邱信去當兵了，我是最孤獨的新娘，您懂嗎？

櫻子的眼睛，再悠悠掃過評審、選手與聽眾，帶點嬌羞、夾些遺憾、又交纏著堅定與期望，聲音甜美得像春風：

「在三十多萬人選三千人的激烈競爭中，我的夫君，能被挑選為出征勇士，一定是最優質的男子漢，我深深感到榮耀……」

宮城先生又微微頷首了——是的，站在臺灣人的立場來講出征、用婦女的心聲來讚美勇士，這麼感動人的內容，妳是如何想出來的？櫻子！妳真聰明！

阿順伯公眉頭一鎖——死查某鬼呀！臺北演講的勝敗只是一時，回到梅仔坑做人卻是一生一世，妳在說啥瞎話？做啥蠢事呀？

「我的夫君是孝順父母的好兒子，他挑起養活全家的責任；我的夫君是努力讀書的好青年，他得過全校第一名的『郡長賞』；我的夫君是認真教書的好老師，我的五十音是他教的、國語演講是他指導的……」

阿順伯公差點跳起來——是阿信？阿信跟妳？死查某鬼咧！是我老糊塗？還是妳在編故事？

宮城先生也瞪大眼睛——妳、妳、妳在說誰？喔！妳一定只是在比喻！這比喻太精彩了！師生相戀，多淒美呀！泰雅族少女莎韻與田北正記老師的生死戀，感動過千千萬萬人的。

櫻子眨呀眨的眼睫毛上，卻已是珠淚盈盈：我的夫君，是教書的先生、是拿筆的文人，但為了愛護他的學生、為了保全他所尊敬的人，他自願當兵出征去了。

老伯公眼眶也發熱了——是呀！邱信是頂天立地的男子漢，為了學生、為了我、為了龍眼林村，他去應徵了，也將出征了。不只邱信，還有阿招，那個善良到極點的孩子……

宮城先生低下頭——是的，每個人都是為了所愛才出征。我的妻、我的兒、我的父母！請原諒我遠行；請原諒東京大轟炸時，我沒辦法保護你們。臺灣是我的沙場，教育是我的戰爭，我必須誓死效命呀！

「槍可能很重，出軍操一定很艱苦，但是，我的夫君是男子漢，絕不會讓心愛的人為他憂愁。我從來沒見過子彈，但是，我想像得到子彈打在身上有多痛！我也沒看過炮火，但是，我也猜得到烈火燒上身時有多苦！」

老伯公的淚快衝出眼眶了——是呀！好好的子弟，一個個都是人生父母養的，為甚麼要上戰場？為甚麼要去別人的國家殺別人？

櫻子的比賽，是我的出征、我的決戰，不能分神呀！宮城先生把心思從東京拉了回來——嗯！對！用女子癡心的愛情，來對映戰士出征的艱苦，再怎麼鐵石心腸，也會被徹底軟化。櫻子，一級棒呀！

有沒有人誇讚、得不得到冠軍、能不能去東京接受表揚，對櫻子來說，早就無趣又無味了。她清純的嗓音，只在詮釋生離死別的傷慟：我聽說，一到軍隊裡，所有的勇士都要先剪下一束頭髮、幾片指甲，裝入密封的袋子、編好號碼保存起來。萬一、萬一出征回不來了，那僅有的遺物，會連同殉國的證書，一起送回家中，給父母妻兒當不朽的紀念。

是呀！次郎——我那唯一的弟弟，戰死在支那的東北鄉。母親含著眼淚，把他的毛髮指甲縫進香囊，送給弟弟的孩子，要他佩戴在胸口，更要把宮城家族的榮耀，永遠記在心上。

阿順伯公咬牙切齒，一張臉漲成醬紫色——誰要甚麼毛髮指甲？誰要甚麼殉國證書？玩這種壯烈、耍這種詭計，毀掉一個個家，送死一條條命！可悲又可恨啊！

櫻子的心好痛，痛到鮮血淋漓。就在前天，最後的一夜，在竹林內，邱信緊緊擁她，顫抖著聲音，很慎重的說：去到軍中，我會在密封的袋子上面，清楚寫下妳的名字及住址。妳已經是我的妻，萬一我回不來，就讓那些東西陪伴你，讓妳可以想我、感覺我！

她痛哭，播起拳頭捶他、打他，眼淚揉了他一身：邱信！你記著，清清楚楚、明明白白記著！我不要看到或摸到甚麼遺物，我只要你完完整整回來！任何東西我都不要，都會丟進寒水潭去。聽著！你給我聽著：你若不回來，我不要想你，卻要恨你！你回來，求求你，為我回來！

「我的夫君，當了海軍志願兵，將要出征去南洋；我是他深愛的新娘，也會很勇敢，出征在人生的戰場！」

宮城先生急了——櫻子呀！妳雖然講得很動人，但不能只繞著師生戀打轉；要強調勇士的出征是為了父母國、為了天皇陛下、為了建立大東亞新秩序。妳很清楚、背誦得很熟練，怎麼半句也不提呢？

我的死查某鬼呀！原來你和邱信已經愛得這麼深。這半年來，伯公心忙目也盲，竟然一點都沒察覺。難為妳了！難為妳了！邱信是好人、絕對值得託付終身。雖然手心手背都是肉，我疼他不輸疼妳，但是，我的死查某鬼呀！妳偷偷嫁又公開講，萬一、萬一他下南洋回不來。沒錯！誰都不願有萬一，可是誰能保證沒有萬一！妳一個女孩兒家，兩手空空，無田無產；梅仔坑三姑六婆的口水，不只會淹人、還會毒死人……妳要怎麼活下去呀？

演講臺上的櫻子，隔著人群，凝望著阿順伯公，訴說著人生最大的決定：

「我聽老長輩說過，當可怕的大地震發生了，天崩地裂之後，所有沒死去的櫻、桃、李、梅、杏……都不按照季節，提前開出最燦爛的花。」

是的！死查某鬼！我是對妳講過這些。地震雖殘酷，花木卻有情！啊！花木都有情有愛了，何況青春正盛的你們！伯公是老了沒錯，但是，我懂、我明白的呀！

宮城先生既欣慰又期待——啊！櫻子，我的好學生！妳真是青出於藍而勝於藍呀！妳是對的，就繼續採用柔弱勝剛強的戰略吧！很多評審及聽眾已經在拭眼淚了。十分鐘也快到了，妳結尾時，只要再扣緊武士道、大和魂、櫻花精神，就絕對可以勝出，皇民教育的奇葩，就要佔盡天下第一春了。

「我深愛的男人要出征了，所以，我不遵守禮俗，決定勇敢的出嫁。我奉上我的愛、獻上我的靈魂、也盼望他能平安歸來。只要他能活著，活著回來，我的家鄉、我的人生，就得到最大的勝利。」

「最後，我要再一次光榮的說出來，我的勇士出征去了，我是他的一夜新娘，也將是他永遠的妻子。今生今世，絕不後悔、絕不後悔……」

安排

「嘟——嘟——鏘、鏘、鏘……跡恰、跡恰、跡恰……」

縱貫大線的火車問跑了，越跑越快，一下子就變成飛的！飛過新竹、臺中州，奔往臺南、高雄州，奔向每一個旅客的家。

車窗外，西臺灣綿延不盡的丘陵，起伏著深綠，參雜著焦黃，把秋意逼得更深更濃了。

十八歲的櫻子，偎靠著快八十歲的老伯公，睡得很深、很沉、很平靜。膝蓋上，上學用的書包，充當她的行李袋。袋子裡面，靜靜躺著一張紙——「二等賞」。

宮城先生煎熬著遺憾與震撼、感動與感傷；複雜的眼神，飄移在窗外的秋景及老伯公臉上。

他承認：這是一場沒有奪魁的演講比賽，皇民化教育也許沒有徹底成功，但語文教學卻造就了人間至情。

他呀！既失落又欣喜！

一坐車就打盹的阿順伯公，此時此刻卻清醒無比。他知道紙一定包不住火，臺北到梅仔坑雖然山遙水遠，但是，八卦耳語一向跑得很快，甚至比火車還要猛、還要快！

他低頭苦思、他沙盤推演、他心意已決——決心要替一夜新娘找尋活路。而且，找出來的活路，既不能糟蹋十八歲的青春，也不准傷害出征的勇士。

為了不吵醒疲憊的櫻子，這一老一壯、一臺一日、一保正一巡學，用真誠的表情溝通、用純熟的日文在紙上交談。曾經是兩個世界的人，現在卻像促膝的好友、對話的父子。

安排妥當了，五分小火車的驛站也到了。小小的月臺，還是擠滿了官員、仕紳及鄉親。雖然得的是「二等賞」，誰敢說不是山中傳奇！

站在梅仔坑庄長面前，宮城先生敘述比賽的經過、演講的內容，讚揚櫻子不計一切的努力。

戰那麼多年、死那麼多人！此時此刻，最需要愛情與親情的泉水，來沖洗疼痛的傷口。日本庄長既激動又感動，他振臂高呼：「万歳！一夜の花嫁、勇士の妻、梅仔坑の誇りだ！万歳！万歳！」（萬歲！一夜新娘、勇士之妻、梅仔坑之光！萬歲！萬歲！）

面對一大群鄉親，阿順伯公的宣告強而有力：為了讓阿招、邱信安心出征、為了讓櫻子全力比賽，所以，在好幾天前，我就收他們三人為孫兒、孫女，正式成為他們的祖父。

三家父母愣了好幾秒，但也真的只有幾秒，接著便是瘋狂的感激，他們不停的鞠躬、不斷的道謝。是的，老保正一向說到做到，大樹之下好遮蔭，往後的歲月，生活應該可以平一點、順一些了。

阿順伯公繼續宣佈：八月三十日的下午，練習演講之前，由我這個老祖父當主婚人、宮城先生當媒人，就在國語講習所的教室內，替邱信及櫻子舉辦了簡單又隆重的婚禮。所以，他們兩人已經拜過天地、拜過長輩，是天經地義、合理又合法的夫妻了。

「啥？」「伯公講了啥？」

「真的、假的？」「哪有可能？」

「老伯公在耍猴戲？」「怎麼可以這樣？」

「伊兩人是老師和學生咧！」「伯公一定老番顛了！」

「按這樣做，不怕帶壞咱們梅仔坑的風氣嗎？」

「伯公是好人，不會亂亂來的！」「就算是大奸大惡，也不會害自己的孫子」……

老伯公手撫著銀髯白鬚，笑吟吟，四周漫來湧去的聲浪，不管是驚嚇、質疑、不滿、信任，都沒讓他分心。高大的身影、蒼勁的聲音，像寒冬中不凋不萎的老松：

等戰爭一結束、邱信返回來龍眼林村，我這個當阿公的，會請來最有名的總鋪師，補辦五十桌大喜酒，大家不必送禮、送紅包，只要痛痛快快的吃、爽爽快快的喝，沒酒醉就不准回家！

黑鴉鴉的群眾，被老伯公的氣勢壓住了，一片寂靜。有的人張大嘴、有的人閉上脣，流光煥彩的夕陽，映照著亂七八糟的表情，人人有很多話要說，卻個個無話可說。

梅仔坑這樁離奇古怪的婚事，已由老祖父主婚、日本巡學做媒、庄長高喊了萬歲，三股又猛又強的力道一結合，絕對堵得住胡說八道的臭嘴，就算沒完全堵住，也不必太在意了。

老伯公站在高處，有玄天上帝靖妖除魔的威勢、也有土地公慈眉善目的溫良。

我已經決定好了：櫻子既是我的孫女，怎能讓她兩手空空出嫁？所以，我割一塊要當老本的田地，送給她當嫁妝。邱信是我的孫子，孫子大喜，老阿公怎能不表示一點心意？所以，我把隔壁的老房子送給他當新房。現在，櫻子已經是我的孫女兼孫媳婦了，她可以住進新房，安心過日子，安心等邱信回來團圓。

另外，阿招也是我的好孫子，我打算把鹿寮坪那塊水田留給他，讓他的阿爸及小弟……

老伯公一項一項安排著。櫻子仰起頭，靜靜聆聽。她想起急性肺炎被抬下山時，半昏半迷的自己，伸出火燙的手心，呼喊著伯公，要老人家緊緊握住。只要黑硬的大手掌一握，就有清涼灌進來，源源滾滾，不枯不絕！

日頭已落山，四面八方蟲聲唧唧，黑暗賊溜溜，一圈圈包攏過來。缺電又缺油的梅仔坑街市，秋風蕭蕭，一陣緊過一陣。但是，老伯公的眼睛燃著熊熊火把，坎坷陡峻的汗路，就算再遠再黑，也有勇氣一步步爬上去了！

回家

「嘟——嘟——鏘、鏘、鏘……跡恰、跡恰、跡恰……」

轟隆隆的世界，車輪碾壓過歲月，鐵軌磨擦著滄桑，從過去開了過來，過來到現在。

甚麼是現在？

現在——一九四五年的歲末，距離八月十五日，日本天皇用「玉音放送」，宣告無條件投降，已經好幾個月了。

幾個月當中，昭和變成了民國、青天白日汰換掉旭日軍旗。沒錯！臺灣又改朝換代了。

梅仔坑的莊稼人，對政治永遠陌生、對軍警絕對敬畏；對失勢的「四腳仔」、「三腳仔」還算寬容；對等候船期的日本人，也沒有甚麼敵意。流離戰亂的歲月，能夠搶吸到一口空氣存活下來，已多麼僥倖、多麼不容易！大家只想在十五次大轟炸㉝的焦土裡，尋找不死的種子，重新栽下生命的希望。

停靠在嘉義驛站，南下高雄的火車，一樣執行「嘟——嘟——鏘、鏘、鏘……」的啟動儀式；一樣用「跡恰、跡恰、跡恰……」的韻律，奔向轟隆隆的世界。

車廂裡，四人座的椅子，還是坐著三個人：櫻子、阿順伯公、宮城先生。只不過，櫻子的懷裡，多了一個小小人兒，一歲半，會顛顛跌跌走路、會咿咿呀呀說話。

搖來晃去的車廂，好比特大號的搖籃，把小搗蛋搖進夢鄉去了。微微張開的小嘴巴紅潤又厚實，鼻柱子清清朗朗，眼眉手腳都細長，活脫脫是他阿爸的複製版，不折不扣的小邱信。

「來！阿祖抱，幼嬰仔就像一尾活蟲，蠕來扭去的，我老囉！抓都抓不牢，趁伊睏去，我來抱一下！」阿順伯公抱過小搗蛋，伏下身，又聞又親的。

「阿公！您嘴鬍刺匝匝，會將伊吵醒起來啦！」櫻子壓低嗓子抗議。

兩年過去了，儘管從少女變成了母親，儘管挫折像空襲、流言像流彈，櫻子沒變，還是那個被伯公捧在手、疼在心的「死查某囝」。

「哈！哈！幼嬰仔的身軀臭香臭香！莫怪伊講話咿咿呀呀，臭奶呆、臭奶呆的！」

㉝ 一九四三年十一月二十五日，盟軍戰鬥機首次對臺灣進行空襲，至一九四五年八月，日本投降前，共有十五次以上的大轟炸，每次轟炸，短則一兩日，長則連續十多天。

老伯公端起肥嘟嘟的小手掌，放到鼻子前，真想咬一口。

「伊吃那麼多羊奶，身軀臭的是羊臊味啦！」

「吃羊奶好耶！氣管好，勿會被蚊子腳一踢到，就感冒咳嗽、虛累累。阿財偷偷飼在雞胸嶺的山羊，不只救了我的牛犢仔，也將我這個金曾孫子養得結結實實，這大腿的肉硬固固，捏起來像石頭。」

伯公家的小牛犢，靠著山羊奶救活了；又靠著一大群人通力合作，說謊、送紅包，變造出牛隻失蹤的證明，報到庄役場去註銷「牛籍」。再把養得頭好壯壯的牛，藏到雞胸嶺後山的青草地，跟山羊群廝混。牠才沒有跟牛阿母一樣，被扒皮割肉，進了日本兵的腸胃。

而小搗蛋出生的前後，正值最慘最烈的大轟炸，進防空洞躲空襲，是大家唯一能做的事。食物的配給已山窮水盡，幾乎人人皆餓殍了。好在，阿財伯——昔日的老工頭、今日的救命菩薩，用壯大的山羊群，救了不少人；源源不枯的羊奶，也幫忙伯公及櫻子，把小搗蛋養得頭好壯壯，跟那隻小牛犢一樣。

「抱いてもいいですか？」（可以讓我也抱一下嗎？）坐在對面的宮城先生，一臉誠懇。

「いいよ、いいよ！」（當然好！當然好！）阿順伯公讓出了小搗蛋。

「今回日本に帰ったら、いつかまたこの子を抱けるかわからないんですね。」（這次回日本以後，想再抱他，不知要等到甚麼時候了。）小搗蛋被搬來搬去，依舊睡得很甜。

「宮城先生、いつか必ず会いましょうね！」（宮城老師，我們一定會再相見的！）櫻子開口了，柔聲安慰等了四個月，終於可以回家的日本男人。

然而，她眉一低——我的男人呢？你在哪裡？戰爭結束了，有人陸陸續續從南洋回來。而四個月過去了，你在哪裡？何時搭船回家？

你知不知道我們有兒子了？我用你教的日文，寫了一封又一封的信，很詳細的告訴你：我搬進了我們的新房、我發現懷孕了、我陣痛了一天一夜、我抱著小阿信躲空襲；我沒東西吃，小阿信就沒母奶喝，餓得像小猴猻；老伯公向阿財伯求救，一瓶瓶山羊奶救了我們的兒子。你阿爸抓到竹雞仔、我阿母摘「昭和草」，都偷偷拿過來給我；我揹著孩子去田裡種蕃薯；宮城先生很喜歡我們的兒子，一抱他，眼眶就紅；他說他東京的妻也叫櫻子……

一封又一封的信，我託人拿到街上的郵便局去寄，寄到高雄的「海軍兵志願者訓練所」或「海兵團」，他們會轉寄到南洋給你嗎？你到底在哪一個國家？哪一個海島？為甚麼音訊全無？停戰了，你要趕緊回家，我和小阿信都在等你……

這種黯然，是無法安慰的悲傷，老伯公只能伸出大手掌，輕輕拍撫幾下。櫻子抬起眼，微微一笑，眼睛閃著淚光。

一老一少的互動，宮城先生看在眼裡，也感動在心裡。然而，感動的，絕不止這一項。八月十五日那天，中午正十二點開始，收音機就一直重複放送日本天皇的「玉音」。那篇〈終戰詔書〉，是戰敗者的悲鳴、軍國主義的輓歌。

宮城先生茫茫渺渺，在蕭條的街市裡打轉。梅仔坑沒有人在慶祝、也沒有人在哀悼。人們遇到他，還是正常的打招呼，但是一個個移開了眼睛，就怕太直接的注視，會被誤會成示威，會引動日本人的羞恥！

但怎麼可能不羞恥？是日本人把戰火燒來臺灣、把青年推向戰場。現在徹底戰敗了、無條件投降了，臺灣百姓竟然沒對他放冷箭、沒朝他暴粗口，更沒人對他拳腳相向。相反的，有人大著膽，走過來握他的手、對他鞠躬，感謝他讓子弟們脫離文盲。

可是呀！可是，日本人走了，新的統治者一來，只會寫平假名、片假名的臺灣人，會不會又變成另一類的文盲？

羞恥之外，他還有強烈的痛苦。堅持多年的戰鬥信念，一旦崩解，生存的力量就煙消霧散，消散到全無生機。

他走向山區，跋涉著陡峭的汗路，決心隨著山勢盤旋升高，升得越高就越激昂。

他回到了龍眼林村——他最愛的地方。

在宿舍內，他一件一件穿戴起正式的禮服，上上下下一身雪白、大盤帽、金黃大肩章、長統軍靴、再佩戴上那把失而復得的軍刀。

寫下了遺書，交代好一切，冷冷靜靜、平平穩穩，像天涯倦遊的旅客，收拾好行李，準備要回家。

他閉起眼，懷想著東京湛藍的天，藍天上飄移著悠悠的白雲；明治神宮內鬱鬱蒼蒼的大樹，大樹上「啊！啊！啊！」飛來飛去的烏鴉……

是的，回家！不管還有沒有家，只要拋棄形體，魂魄就可以升上天空，飛渡太平洋，飛回他日思夜念的父母國。

緋寒櫻要凋落了，在燦爛成一片花海的時候，飄墜最淒美的身影。他的妻、他的兒、他的父與母，會全部穿著節慶的和服，佇立在落英繽紛處等候他，用溫柔的微笑、盈盈的珠淚，迎接他回家……

他面向東京的方向，深深鞠躬，再屈膝下跪，抽刀，出鞘，緊握，高舉，用盡全身的力氣喊出：「天皇陛下万歲！」（天皇陛下萬歲！）刺向腹部！

手被架住、身子被撲倒、刀被奪了……

他慢慢睜開眼睛，透過泛濫成河的淚水望去，有兩張臉，一紅顏、一白髮，同樣泛流著滔滔淚水。

宿舍的窗外，陽光閃耀，枝葉間穿梭著陣陣山風。等一下，說不定會下大雷雨，雷雨停後，還是會飄起山嵐、騰起白霧。戰火熄了，山河田園有了雨露的滋養，一定會重歸於寧靜、重歸於豐饒！

莎喲娜啦！

「嘟——嘟——鏘、鏘、鏘……跡恰、跡恰、跡恰……」

一望無際的嘉南平原，火車飛奔，小阿信依舊睡得香甜。櫻子抱了回來，整一整他厚厚的小衣衫，解開一兩顆小釦子，怕車廂內熱，悶著了心肝寶貝，再拂了拂兒子細嫩的髮絲。那神情、那動作、那牽腸掛肚的模樣，與東京的櫻子初為人母時好像好像！宮城先生既窩心又感動，眼眶又悄悄溼了。

他從行李架上，搬下他的大皮箱，拿出了他贈別的禮物。雙手頂額，彎身下拜，獻給阿順伯公。

伯公一打開——是那把軍刀。抬起老眼，他迎視著宮城先生，日本男人強忍眼淚的目光裡，有著千言萬語的感激。

——兩顆原子彈，炸光了日本的戰鬥力，天皇用「玉音」宣告無條件投降。憑著第六感的直覺與對日本人的了解，老伯公斷定：宮城先生會回來山上，會實踐武士道，會切腹自盡。他佈好了眼線，做好了預防，在千鈞一髮的剎那，拼了老命撲倒心碎的男人，讓矯健的櫻子奪下那把刀。他崩大裂地大喊：

「刀は、人を育てたり助けたりする；人と自分を殺すためのものではないんだ！」

（刀——要用來養人、助人；不要用來殺人、殺自己！）

淚流滿面的櫻子，走出門外，把小阿信抱進來，塞到宮城先生懷裡。一抱到稚嫩的小生命，立刻攪動男人所有的情感。積太多、忍太久了，終於壓不住，他放聲大哭，哭喊著東京的妻與兒、父與母，哭喊著宮城次郎——他那只存下幾絲頭髮、幾片指甲的親弟弟。

狠狠痛哭過了，就有力氣過日子了。

但是，日本敗了，學校的薪水沒了，米糧停了，偏偏船期遙遙無期，回家之前，百無一用的日本「巡學」，日子真不曉得要怎麼過？

小農女當上了小母親，與生活奮戰的力量更充沛、更高昂了。轟炸正慘烈的時候，她不顧一切，溜出防空壕，在伯公贈給她的田裡，栽下一大片蕃薯苗。四五個月後，戰火熄了，正是收成的好時候。

櫻子揹著小阿信，提著一大袋蕃薯送給宮城先生。雖然多了烽火的淬鍊、流言的折磨，燦爛的笑靨卻依舊。她用彬彬有禮的日文，請求恩師收下土地長出來、賜給人們的禮物。她說：「これは私からの贈り物ではなく、梅仔坑の自然の恵みです。」（這不是我給的，是梅仔坑的好山好水送的。）

於是，每隔幾天，好山好水就會送禮物來，而且越來越多樣了。宮城先生也回報了好山好水——他學會了挑扁擔，走汀路、涉清水溪、爬最陡峭的長湖嶺，把一籮筐一籮筐的蕃薯、玉米，挑往市集裡去，他不會說臺灣話，但比手畫腳賣出來的價錢，總帶給老伯公及櫻子一片驚喜。

火車上，老伯公收下了宮城先生的禮物，心裡卻一陣抽痛，他想起了阿招——那個善良到極點的孩子。若不是為了這把刀，阿招或許不必下南洋。但是，躲得了海軍募兵，也逃不過後來的全面徵兵。梅仔坑的好子弟，一個一個被點召上戰場，其中，包括他兩個孫子、好幾個姪孫。他們和邱信、阿招一樣，到現在都還沒回臺灣、回家鄉。

而大剌剌踏上臺灣土地的，是另一批人，帶頭的人，聽說名字叫「陳儀」。

十月二十五日，他們在鞭炮聲、歡呼聲、「喜離淒風苦雨景，快睹青天白日旗」的對聯下，以及「六百萬人同快樂，哈哈都真歡迎」的順口溜中，接收了、光復了被日本統治了五十年的臺灣。

但是，也不過才一個多月，老伯公就聽到，祖國派來接收臺灣的「七十軍」，偷、搶、盜、砸，胡亂開槍……人們咬牙切齒，罵他們叫「賊仔兵」。而官員呢？幾乎全是貪官污吏，個個身在臺灣，心在上海賭場。

就這樣，「接收」變成了「劫收」。順口溜被竄改成：「六百萬人不快樂，哀哀都真不幸」。到處橫行著「有毛的，吃到棕簑；無毛的，吃到秤砣。有腳的，吃到樓梯；無腳的，吃到桌櫃」的貪財怪獸！

走掉了豺狼，換來了虎豹，臺灣人呀！怎麼這麼歹命！伯公搖搖頭，搖不掉錐心的痛楚、惶惶的擔憂！

車窗外，由日本人八田與一所建造，可以灌溉十五萬甲的「官佃溪埤圳」(嘉南大圳)，照樣流灌著奶蜜一樣的水源。戰火熄了，可以全心全力耕種了，日本人引進來、栽種得很成功的溫帶品種——蓬萊米，下一期應該會長得很好、很飽滿！

小老百姓擋不住戰爭、扭轉不了時局、也鬥不贏貪官污吏。但是，多疼自己一點、多愛別人一些，再怎麼難過的日子，還是過得下去。想著、想著，面對即將搭船回家，卻不知道妻兒在何方的宮城先生，老伯公又升起了一些憐惜！

宮城先生拿出了第二件禮物——那是他行囊中，唯一可以送給女性的東西。雖然是贈給自己的學生，他照樣雙手頂額，鞠躬行禮，恭恭敬敬的奉上。

櫻子一打開，淚就滾滾落下。那是一件和服——綻放著緋寒櫻，朵朵鮮豔、蔟蔟燦爛的美麗和服。

她知道這件和服的故事，她更懂這件和服對宮城先生的意義，她遲疑著、推拒著，怎敢收下！

宮城先生很誠懇的說：「これは私が上げるものではなく、東京の桜子から梅仔坑の桜子さんへの贈り物です！」（這不是我送的，是東京的櫻子贈給梅仔坑櫻子的！）

大船靠岸了，那是從南洋載送士兵回來臺灣，再接日本人回橫濱去的運輸艦。

擠在人群中的櫻子，仰起頭，看不見船頭與船尾，那種龐大，是無法形容的壓迫。她抱著小阿信，在小耳朵旁邊喃喃低語：「乖囝仔！你要記得，你的阿爸，踏過咱們現在踏的土地、行過這個深水碼頭，登上像那樣的大船，去南洋出征！他是好人，你是他的親後生，長大後也一定要當好人……」

從大船上走下甲板、登上陸地的，是一個個草黃色軍服的日本兵，不！是被送回來的臺灣子弟。

他們很有秩序、很低調，一個接一個登岸，有的被歡呼、擁抱、接走了，瞬間淹沒在洶湧的人潮中；有的東張西望，惶恐又心碎，為甚麼沒有人來接？是不是已經沒有家了呢？

他們身上的舊傷已痊癒，看不見了；看得見的，是痊癒不了的殘障——有的截掉一隻手臂，空盪盪的袖子，打個布結，一步一飄晃；斷腿的，有人切在膝蓋、有人斬在大腿，兩邊的胳肢窩下，撐著木拐杖，變成了三隻腳；轟掉耳朵、炸瞎眼的，腦袋瓜還纏著白紗布……當然，也有四肢健全的，只是，空茫的表情、畏縮的眼神，似乎心靈也受了重傷。

櫻子埋下頭，淚水狂流，流了小阿信一肩膀：「玄天帝爺公、觀音菩薩、三界公祖、媽祖婆、土地公……請保佑我的夫君、請庇佑我囝仔的阿爸，他從沒見過阿爸，他才一歲半……」

宮城先生一臉愧疚、一身淒惶，海島任務、山中歲月，讓他老掉了容顏、磨碎了壯志。他不敢質疑偉大的天皇、卻目睹戰火的摧殘。看著櫻子摟著小阿信哀哀哭泣，二十歲的小媽媽在擔心甚麼，他怎會不知道！這一艘船沒有載回邱信，下一艘就有嗎？走下甲板的邱信會是甚麼模樣？

淚眼滔滔中，忍不住也仰頭向蒼天，祈求起他所知道的日本眾神：天照大神、熱田大神、足鏡別王、穴戶神、天之忍男……請佑護邱信，請讓櫻子一家可以平安團圓！

該下船的都下光了，人潮也減少掉一半，換日本人要登船了。儘管攜家帶眷、搬箱拎簍，但他們不喧不鬧，井井有序，守著戰敗者的卑微，也堅持大和民族的自尊。

許多臺灣人來相送，五十年的相處，雖然上下有別、尊卑分明，有恩有怨、有建設、有剝削；有貢獻、有迫害……但是，面臨海港別離，卻是深深眷戀、萬般不捨，許多人在擁抱、很多人在哭泣！

該登甲板了，阿順伯公趨前握宮城先生的手、拍拍他的肩，撫撫他的背，像送子姪輩出遠門。小阿信似乎感受了離別，也伸出雙臂要求抱抱。宮城先生放下皮箱，摟抱他入懷。男子漢面對別離，是不能落淚的，但是，此時此刻，他淚流滿面！

把孩子還給了櫻子，穿著全黑制服的宮城先生，突然用淚眼注視老、少、幼三個臺灣人，向後倒退五步，把膝蓋上的長褲拉高約十五公分，雙膝跪落，兩手壓地呈「八」字，額頭直直頂到地面，虔敬又卑下趴伏著，撕肝裂肺喊出來：「我らの過ちです。大過ちです。許してください、許してください！」（我們錯了，大錯了。請你們原諒，請你們原諒！）

這是古禮「土下座」——日本人最真誠、最隆重的道歉。

老伯公下令：「頭を上げてください」（把頭抬起來）三次，他才敢悠悠抬頭。伯公再將他扶起，一臉的悲憤與不忍：「君も戦争の被害者ですから！」（你也是戰爭的受害者！）

櫻子向宮城先生深深一鞠躬：「私はずっとその美しい着物を守ります。また東京の桜子さんが台湾に来たら、着付けを手伝っていただきたいと思います！」（那件美麗的和服，我會永遠留著，等東京的櫻子師母來臺灣時，再請求她幫忙我穿上！）

龐大的艦船開走了，越走越遠，越遠越小，小成一個黑點，消失在霞光燦爛中。人潮逐漸散去，海港鹹鹹的空氣裡，依舊迴盪著一聲又一聲的「さよなら！」（莎喲娜啦！）「さよなら！」（莎喲娜啦！）

該回去了！櫻子牽著學步的小阿信，金黃燦爛的夕暉，照透了海港，也灑遍了母子全身。

她屢屢回頭，眺望那一輪落日、那一片大海。海的某一端，有著她孩子的父親。孩子的父親曾對她聲聲承諾：「山川作證、江河為憑，今生來世，絕不負卿！絕不負卿！」

老伯公不時彎下腰，逗弄著小曾孫。他聽過太多南洋的實況、臺灣兵的慘狀。但是，人哪！只要有可能、有希望，就要跟命運拼搏，不是嗎？

「我的兩個孫要下南洋前，伊們的阿嬤、阿母，真的站到梅仔坑、大埔林的街市，懇求一千位女性，一人一針，繡下祝福，這種『千人針』呀！迷信歸迷信，我也寄望能替孫子擋掉大炮及槍彈！」

「邱信沒有『千人針』，但是，他有比『千人針』更重要的東西！」櫻子低頭不語，臉泛起了紅霞。

竹林裡的那一夜，一夜一生呀！

「前幾日，我遇著阿招的阿爸，我問伊：希望阿招從南洋帶回甚麼禮物？」

「老大人怎樣講？」

「伊講：『帶回一條命就好了！但是，若有可能，就把那雙草鞋也帶返回來。阿招穿長統軍靴，草鞋放著沒人穿，有夠浪費！』」

「住在山上，一世人勤儉呀！」伯公、櫻子都笑了，笑得有些辛酸！

「走這麼遠了，腳會瘦否？來！阿祖抱，乖喔！勿要蠕來扭去。最近又學講甚麼話？講給阿祖聽！」

「伊呀！有夠憨慢，學來學去，總是講不輪轉，都一歲半了……」櫻子又想起了那個一焦急就大舌頭的男人。

小小男孩，似乎想證明自己沒那麼「憨慢」，張開厚嘟嘟的小嘴：「爸！爸！……阿——爸……阿——爸……」

老阿祖笑了，不停點頭：「對！對！阿爸會返回來，坐下一班或再下一班船返回來！你要大聲叫伊。看到你，伊會真歡喜！真歡喜！」

海上的紅日，悠悠的沉、緩緩的落，沉落到浩浩無邊的大海！

人間路，燈火明滅！護著小小孩兒，櫻子和老伯公小心翼翼走著。

北上的火車，汽笛「嘟——嘟——」「嘟——嘟——」大鳴大叫，車頭噴著滾滾白煙，承載著世間的悲歡聚散，它又要上路奔馳了……

【跋 文】

怎能不寫？怎能不寫呀！

我——

為甚麼會用二年的時間，寫出醞釀在心中二十年的故事——《一夜新娘》，我不停一遍一遍，自己問著自己……

我出生在嘉義的梅山，梅山有十八個村落，散佈在從海拔四十公尺到一千八百公尺的山區。從前，先民們挑著一根扁擔、兩個籮筐的農作物，到市集去賣錢；把賣到的錢，拿去買吃的、用的生活必需品，再翻山越嶺地挑回家去。就這樣，他們踩出了一條條縱橫交錯的「汗路」。所以：

汗路——是梅山人流血流汗的謀生之路。

汗路——也是梅山地區人情匯流的資訊網路。

我的童年很豐富，因為，父親是梅山鄉親所尊崇的「公道伯」，村與村的紛爭、人與人的恩怨，常常在我家小小的客廳內被精采重演、被個別詢問、被深入分析，再被努力解決。所以，從小到大，我像看電影的觀眾，在各式各樣的劇情片中，被震撼、被教導、被感動著。

但是，我的家境算是清貧的，爸爸是公務員，薪水常常拿去當公關花費，所以，我家的孩子一到了假日，都必須到工廠當勞力童工。不過，無論是在「筍乾工廠」、「醃梅工廠」、「柑橘包裝場」……小小的童工卻都玩得很快樂、聽得很過癮，因為一個個三姑姑、六婆婆都有說不完的故事，而且，那些故事都是——真人真事。

甚至，後來，為了要支付私立大學的龐大學費、生活費，寒暑假時，我就從臺北返鄉，當起了車掌小姐，在顛顛簸簸的公車上，觀察上上下下的乘客，也直接或間接地體會了他們多變的人生。

很幸運的，我又有一位很會說故事的老媽媽，她走過養女生涯的悲辛、嘗過戰亂與現實的生活折磨，今年已高齡九十二歲，仍然可以用最活靈活現的敘述，重現一齣齣山林野地的「汗路傳奇」。

所以，我的小說《美人尖》、《駝背漢與花姑娘》中，都是卑卑微微的小人物，都是清水溪、寒水潭、大尖山、屈尺嶺等故鄉山水，都是在烈日下、泥地裡、汗路上，翻騰打滾、血汗淋漓的現實人生。

十多年前，「公道伯」走了，我與姐姐帶著老媽媽去日本旅行，想轉移或減輕她的悲慟。在明治神宮的蒼蒼大樹之下，一位日本老婦人與她聊了起來。天呀！那時我才發現媽媽的日語竟然那麼流利，流利到連導遊都佩服到五體投地。

後來，在我的追問下，老媽媽才幽幽地說：「我本來就讀過三年的日本書呀！我還代表過嘉義郡，拿到全臺南州『國語』演講比賽的第二名。」

真的，我哭了——

在封閉又操勞的山中農家，讀書識字是她唯一可以伸向外界的觸角；在受盡凌虐的養女歲月中，她也只有從「國語演講比賽」的得獎獲勝，才可以得到些許的安慰與救贖。

所以，雖然她念的是夜間民教班的「國語講習所」，但是，在一連串的村、鄉、郡、州的比賽當中，她打敗正規教育下、甚至是「國語家庭」出身的佼佼者，證明了自己的能力，也嘗試探索著改變命運的可能。

但是，終戰了，日本被打敗，國民黨統治臺灣了……

於是，我那青春正盛、日文流利的媽媽，又變回了文盲——漢文方塊字世界裡的新文盲。她的身分證上的教育程度欄，被標寫著「不識字」；在一連串「去日化」、「去臺化」的嚴格政令下，她的親兒孫們，竟然真的以為她是文盲！

後來，我藉著閒聊、藉著撒嬌，陪著老媽媽一步步走回她的青春年華，一件件、一樁樁的聆聽那日治時期、殖民歲月裡感人的愛、恨、情、仇。

那些愛、恨、情、仇，真的是感人肺腑呀！怎忍心讓它隨風而逝？所以，我考據了史料、詢問了耆老、請教了專家，再用三年的時間，一字一句去描摹那一段青春光燦、現實多磨、又殘酷戰亂的人生物語。

藉由撰寫《一夜新娘》，我也補償我的遺憾——我很愛父親，他卻是梅山人的「公道伯」，永遠為別人在忙。他從不知道，獨自在臺北讀書、過活的小女兒，多需要他的資助、多乞求他的關愛。如今，藉由小說，一字一句的回溯先父的時代，讓我追趕上年輕的他，體會他所面對的亂離人世，知道他何以盡心盡力要為那些不識字的淳樸鄉親們主持所謂的公道，我也才釋放了隱藏在內心深處的幽幽怨懟。

有一回，老媽媽拿出一件保存得很慎重、很完整的日本女性和服給我看。她告訴我：

「教我演講的木村老師，在日本投降之後，便完全沒有學校的薪水可領，還必須等候船期來接回日本去，那幾個月當中，他幾乎活不下去。這時候，我把所種的蕃薯園劃出一大塊送給他，要他儘管去挖來吃，吃剩下的，還可以拿到街上去賣。就這樣，他度過了那最難挨的時刻。臨回日本前，他拿他妻子的和服來送給我，請我不棄嫌的收下，因為，那是很好的布料，將來我出嫁時，可以改成花洋裝，要不然，孩子生下來時，也可以裁製成尿布……」

所以，我怎能不好好記錄下那段臺灣人和日本人相處的點滴真情呢？

還有，梅山鄉太平村的嚴清雅村長也告訴我：

「我父親被日本人徵兵下南洋，家中失去了經濟支柱，母親白天揹著一歲的小姐姐做工；四歲生病的二姐，就由七歲的大姐來照顧。一到黑夜，四個大小女人擁抱著一起哭，害怕再也見不到爸爸回家。二姐病得更重了，哭喊著要爸爸，甚至哭到瞎了、沒多久人也死了……媽媽在二姐死後，就再也不掉一滴淚，咬著牙，把整個家撐起來……」

嚴村長今年快六十了，是身高一百八的壯漢，提到這段往事，竟然聲聲哽咽……所以，我怎能不記錄那一段軍國主義摧毀一個個家庭天倫的殘酷史實？

在臺灣，很多人不解，老一輩受過日本人的殖民統治，為何卻往往「親日」？壯年的，受國民黨教育的，卻往往「仇日」？而年輕的一代，目眩神迷於日本的次文化，則又身不由己地「哈日」？

親日、仇日、哈日，分切得那麼深、糾葛得那麼緊，我無法完全去釐清原因。

我只想從人性的多重角度，從生活的真實層面，仔細重建那一段殖民歲月的場景，再把每一個角色都安排妥當，再讓他們血肉鮮活地呈現內在的掙扎、愛恨、慾求、理想……

所以，我的小說，沒有大義凜然的民族主義、沒有視死如歸的英雄好漢、沒有小丑跳樑或殺人如草芥的日本人；更沒有一棋定江山、一柱擎天地的偉大情節……

我的小說裡，只有一群卑微的小人物，他們必須面對殖民高壓統治、面對募兵制徵兵制、面對皇民化教育、面對傳統禮教、面對流言蜚語……所以，他們有時堅強、有時脆弱、有時果決、有時打混，把寬厚、欺蒙、仁慈、狠心、感恩、怨恨……全都混淆在一起了。而男女主角在亂世裡的戀愛，談得那麼真誠、那麼卑微，卻也被大時代的颶風連根拔起，刮蕩飄颻在無情又無理的戰爭中。

但是，亂離的歲月中，還是有穩定的力量，那是來自土地的溫暖、來自人性的無邪……

所以，我怎能不寫？

怎能不寫呀！

世紀文庫

【文學 027】

遊與藝—東西南北總天涯　童元方　著

本書收錄知名作家童元方女士二〇〇五年至二〇一〇年間的散文創作，集結作者在世界各地的旅遊、生活見聞，以及對文學、繪畫、音樂和戲劇等藝術的獨到見解。遊與藝之外，特別收錄兩篇為陳之藩先生所寫的文章，文筆細膩深刻，字裡行間流露出真摯的情感。

【文學 032】

金陵十三釵　嚴歌苓　著

一九三七年日軍侵占中國首都南京，巷尾街頭隨處可見淫殺虜掠，南京城儼然人間地獄。一群女學生藏身於教堂受神父的庇護，隨後，十三名有著風塵味的女子來此請求收留。但教堂的圍牆終究抵擋不了殘忍的日軍，單純潔淨的女學生們能否逃得開血腥的磨難？十三名卑賤的女子又要如何生存？

國家圖書館出版品預行編目資料

一夜新娘：望風亭傳奇 / 王瓊玲著.——初版二刷.——臺北市: 三民, 2014
面; 公分.——(世紀文庫:文學033)

ISBN 978-957-14-5877-9 (平裝)

857.7 102026013

© 一夜新娘
——望風亭傳奇

著作人 王瓊玲
責任編輯 黃奕寧
美術設計 蕭伊寂
發行人 劉振強
發行所 三民書局股份有限公司
地址 臺北市復興北路386號
電話 (02)25006600
郵撥帳號 0009998-5
門市部 （復北店）臺北市復興北路386號
（重南店）臺北市重慶南路一段61號
出版日期 初版一刷 2014年1月
初版二刷 2014年10月
編號 S 811630
行政院新聞局登記證局版臺業字第〇二〇〇號

ISBN 978-957-14-5877-9 (平裝)

http://www.sanmin.com.tw 三民網路書店

書版稅全數捐贈梅山文教基金會，作者並捐贈同額款項予嘉義縣敏道家園（教養院）